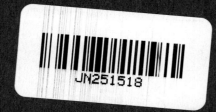

日本神話のふるさと　写真紀行

清永安雄 撮影

産業編集センター

日本神話のふるさと写真紀行

はじめに

『古事記』の世界観を、この写真紀行のシリーズで表現してみたい、とずっと以前から考えていた。文字通りの「神代の時代」から、ほんの数十年前まで――第二次世界大戦末期、敗戦が火を見るよりも明らかだったときでさえ、イザとなれば神風が吹いて敵の艦隊を一網打尽にしてくれる、と本気で信じていた人々がいたのだ――「神国日本」の思想は、我々日本人の精神構造の中に根強く生きていた。そんな日本人の神国思想を長年培い、支えてきた風土・環境とは、いったいどのようなものなのか。なぜ我々日本人は、こうした荒唐無稽で非科学的な空想物語を代々大切に伝え、信じ、敬い続けてきたのか――そんな素朴な疑問がまずあった。

だが、調べていくうちに、私の関心は当初とはちょっと違う方向に変わっていった。理屈よりも好奇心のほうが勝った、というか、平たく言えば、神々の物語のあまりの面白さにハマってしまったのである。

冒頭に「神国日本」や「神風」などと前時代的なことを書いたが、実は『古事記』に登場する神々は、我々がふだんイメージする神聖で厳かで超能力の持ち主というのとはだいぶん違う。総じて本能的でわがままで、思考も言動もいたって単純明快である。目的のためには手段を選ばず、邪魔者は問答無用で排除する。

あふれる感情を隠すこともせず、大の男でも人目をはばからず泣いたり怒ったりする。ともかく人間以上に人間臭い神々なのである。

そんな愛すべき神々が存在していたかもしれない場所をたどり、彼らの魂にふれ、その息吹きを感じることができたら、どんなにか面白いだろう。次第に、まるでアイドルにでも会いにいく気分で取材旅行を楽しみにしている自分がいた。

取材は平成二十六年の三月から二府十県を行き来し、二十七年の十二月まで、とびとびではあるが足掛け一年九ヶ月を要した。駆け足の旅ではあったが、予定していた場所はほとんど網羅でき、いくつかは予定外の新たな発見もあった。

旅を終えての感想を「予想よりはるかに神秘的だった」というと、神々に叱られるだろうか――。「神に導かれて……」などというと笑われそうだが、実際、神々の足跡を探す旅を続けていると、ふとした瞬間に、本当にそこに神がいる、あるいはいたに違いないと思うときがある。そして、あまりにも美しい自然、またあまりにも厳しすぎる自然を見るとき、我々はそこに人為を超越したもの、つまり「神」の仕業を感じる。

神とは一体何なのか、日本人にとってそれはどんな存在なのか――。行く先々で、出会った神々に問い、それを見る自分に問うてみた――。だがそんな難問は、神ならぬ身の我々に、解ろうはずもないのである。

志摩　千歳

日本神話のふるさと　目次

第一章

イザナギとイザナミが生んだ日本列島と八百万《やおよろず》の神

伊弉諾神宮「夫婦大楠」

はじめに天と地ができ、高天原に神々が現れる

この世界に初めて天と地ができたとき、天上世界の高天原《たかまがはら》［1］に次々に神が現れた。

はじめに現れたのはアメノミナカヌシノカミ（天之御中主神）、タカミムスヒノカミ（高御産巣日神）、カミムスヒノカミ（神産巣日神）。だがこの三神はひとり神で、すぐに姿を隠してしまった。地上世界はまだ生まれたばかりで、水に浮かぶ脂《あぶら》か海月《くらげ》のようにゆらゆらと漂っていた。そこへ続いてウマシアシカビヒコジノカミ（宇摩志阿斯訶備比古遅神）、アメノトコタチノカミ（天之常立神）が現れたが、この二神もまたひとり神だったので、すぐに姿を隠した。次に現れたクニノトコタチノカミ（国之常立神）、トヨクモノノカミ（豊雲野神）もまた単独の神だった。

この後、ウヒジニ（男神）、スヒジニ（女神）といった男女の区別のある神が次々に現れては隠れ、最後にイザナギノカミ（伊邪那岐神）、イザナミノカミ（伊邪那美神）の兄妹神が登場した。この二神は、高天原の神々から『このふわふわした国土を整えて、つくり固めよ』と命じられ、天沼矛《あめのぬぼこ》を授けられていた。

まず二神は、天と地の間に浮かぶ天浮橋《あめのうきはし》に立ち、天沼矛をおろしてどろどろと

［1］**高天原**

高天原がどこにあったのか、は古来よりさまざまな説がある。「高天原はもとより天上の神々の住む場所であり、地上にあったと考えるのは不遜だ」とする説。「神話は何らかの史実を反映しており、高天原もモデルとなる場所があった」とする説。後者の説に基づいて、日本各地に高天原と伝えられる場所があるが、中でも奈良県御所市の「高天」、宮崎県の「高千穂町」および「高原町」などが有名である。

した海水を「ころころ」とかきまわした。矛を引き上げるとその先から塩が滴り落ち、それが積もって小さな島になった。これが我が国最初の国土、オノゴロ島［2］である。

イザナギ、イザナミが結ばれ、国を生み、神を生む

このあと二神はオノゴロ島に降り立ち、天之御柱《あめのみはしら》と八尋殿《やひろどの》を建てた。イザナギが『お前の体はどのようにできているのか』と尋ねると、イザナミは『私の体はよくできていますが、一カ所だけ足りないところがあります』と答えた。そこでイザナギが『私の体には一カ所余ったところがある。ではこの余ったところでお前の足りないところをふさいで、国を生もうではないか』と提案する。

二神は左右から御柱を回り、出会ったところで交わることにした。こうして出会ったとき、イザナミがまず先に『まあ、なんてすてきな男性でしょう』と言い、イザナギも『ああ、なんとすてきな女性だろう』と応じた。こうして二神は交わるが、最初に生まれたのは水蛭子《ひるこ》で、続いて生まれたのも淡島（胎盤のようなもの）だった。二神はこの子らを葦船に乗せて流し、天《あま》つ神にお伺いをたてた。すると天つ神は『女のほうが先に声をかけたので、良くない子が生まれたのだ。

［2］**オノゴロ島**
古事記では「淤能碁呂島」と表記され、オノゴロジマ、あるいはオノコロジマと呼ばれる。淡路島の南四・六キロの海上に浮かぶ「沼島《ぬしま》」説が有力で、小さな島の中に、おのころ山、おのころ神社、上立神岩などの伝承地がある。

帰って、今度は男のほうから声をかけるように』と言い、二神はこれに従ってもう一度やり直し、こんどはイザナギのほうから声をかけ、再び交わった。

こうして初めて生んだのは、アワジノホノサワケ（淡路島）。次にイヨノフタナ（四国）、そしてオキノミツゴ（隠岐島）、ツクシ（九州）、イキ（壱岐島）、ツ（対馬）、サド（佐渡島）と生み続け、さらにオオヤマトトヨアズキ（本州）を生んだ。この八つを合わせて大八島《おおやしま》という。神々は、自分たちの住む高天原に対し、この地上の国土を葦《あし》原中国《わらのなかつくに》と呼ぶことにした。

国生みがひととおり終わると、二神は続いて神を生み始める。海の神、河の神、風の神、山の神、野の神など、八百万《やおよろず》といわれるさまざまな神々を生んだあと、イザナミは最後にヒノカグツチノカミ（火之迦具土神）［3］を生む。だがヒノカグツチは激しい火の神だったため、この神を生むとき、イザナミは陰部を焼かれて死んでしまう。

イザナギは『たったひとりの子のために最愛の妻を殺されるとは……』と怒り狂い、腰に帯びていた剣を抜いて、ヒノカグツチの首を斬った。するとその剣の先から飛び散る血からさまざまな神が生まれ、また斬り殺されたヒノカグツチの胴体や手や足からも次々に神が生まれ出た。

［3］**ヒノカグツチノカミ（火之迦具土神）**
火の神で、母を死に至らしめてイザナギに斬り殺されたとき、その血や体から、鉱山や工業、農業などの神々がたくさん生まれた。このため古くから防火や鍛冶の神として信仰を集めている。全国の秋葉神社、愛宕神社、野々宮神社などで祀られている。

黄泉の国で変わり果てた妻の姿に驚き、逃げ帰る

イザナミを失ったイザナギの悲しみは深く、ついに黄泉国《よみのくに》まで妻を追っていき、戻ってきてくれと懇願する。するとイザナミは『残念ですが私はもう黄泉国の食べ物を食べてしまい、戻れない体になってしまいました。でも愛しいあなたがここまで来てくれたのですから、なんとか帰れるよう黄泉の神と相談してみます。でもその間、決して私を見ないでください』と言って扉を閉めた。

だが、イザナミと黄泉の神の相談は長びき、待ちきれなくなったイザナギは、髪にさしていた櫛の歯を一本折って火をともし、扉を開けて中をのぞいた。するとそこには、腐り崩れて体じゅうに蛆がはいまわっているイザナミの姿があった。イザナギは恐れおののき、一目散に逃げ出した。

イザナミは恐ろしい形相で『私に恥をかかせたな』と叫び、黄泉醜女《よもつしこめ》に後を追わせた。イザナギが逃げながら黒い蔓草の髪飾りを投げると、地面に落ちて山葡萄の実が成った。醜女がそれをむさぼり食う間にイザナギは逃げたが、またすぐ追ってきた。今度は右の角髪に挿していた竹の櫛を投げると、筍が生え、醜女がこれを食べている間にイザナギは逃げた。

[4] 黄泉比良坂

黄泉比良坂は、出雲国の伊賦夜坂《いふやさか》、現在の島根県松江市東出雲町にある揖夜神社の周辺といわれている。

[5] 橘の小門の阿波伎原

イザナギが禊ぎを行った阿波伎原は、宮崎市の江田神社の北東にある「御池《みいけ》」別名「みそぎ池」だと伝えられている。

そこでイザナミは八種の雷神たちに大勢の軍勢をつけてイザナギを追わせた。イザナギは腰に帯びていた長い剣を抜いて、後ろ手に振りながら逃げた。そしてようやく黄泉比良坂《よもつひらさか》〔4〕にたどり着いたとき、そこに生えていた桃の木から実を三つとって投げつけると、みんな逃げ帰った。

最後にはイザナミ自身が追ってきた。イザナギは千人で引くほどの大きな岩で黄泉比良坂を塞ぎ、岩をはさんで妻とことばを交わした。

イザナミが言った。『愛しい夫よ。こんなひどいことをするなら、私はあなたの国の人間を一日に千人絞め殺してやりましょう』——イザナギがこれに答えた。『愛しい妻よ。ならば私は、一日に千五百の産屋を建てよう』

こうして我が国では、一日に千人が死に、千五百人が生まれることになった。

最強の神、三貴子の誕生

黄泉国から帰ったイザナギは『私はなんと汚れた国へ行ってきたことだろう。禊《みそ》ぎをするべきだ』と言って、筑紫の日向《ひむか》の橘の小門《おど》の阿波伎原《あわきはら》〔5〕へおもむき、川の水で体を清めた。このときイザナギの体からさまざまな神々が生まれた。

このうち、ソコツツノオノミコト（底筒之男命）、ナカツツノオノミコト（中筒之男

〔6〕**住吉三神**
イザナギが黄泉の国から逃げ帰って禊をしたときに生まれた、ソコツツノオノミコト、ナカツツノオノミコト、ウワツツノオノミコトの三柱の神。三柱ともに海の神、航海の神、転じて商売繁盛と家運隆盛の神として信仰されている。『古事記』では、神功皇后に神懸かって仲哀天皇に朝鮮出兵を促したとあり、のちに皇后は大阪の住吉に三神の社を創建した。これが住吉大社の起源といわれる。

命）、ウワツツノオノミコト（上筒之男命）の三柱の神は、「住吉三神」〔6〕と呼ばれる。

そして最後に顔を洗うと、左目からアマテラスオオミカミ（天照大御神）が、右目からツクヨミノミコト（月読命）〔7〕が、鼻からタケハヤスサノオノミコト（建速須佐之男命）が生まれた。イザナギは『私はたくさんの子を生んだが、最後に三柱の貴い子を得た』とたいそう喜び、アマテラスには高天原の統治を、ツクヨミには夜の統治を、そしてスサノオには海原の統治を命じた。

ところがスサノオだけは海原を治めることをせず、あごひげが胸に届くほどの大人になっても泣きわめいてばかりいた。その激しさは青々とした山々が枯れ果て、川や海が干上がるほどで、この世にはあらゆる悪しき神々や魔物がはびこり始めた。

見かねた父のイザナギが『お前はなぜそのように泣きわめいてばかりいるのだ』と尋ねると、スサノオは『私は亡き母の国である根之堅州国《ねのかたすくに》（地底の国）に行きたい。だから泣いているのです』と答えた。それを聞いたイザナギは怒り、『ならばお前はこの国に住むことはならぬ』と言って、ただちにスサノオを葦原中国から追放してしまった。

〔7〕ツクヨミノミコト
月読命はイザナギが生んだ最も貴い神である三貴子のひとりだが、生まれたときイザナギに「夜の統治を任せる」と言われるシーン以降、古事記には一度も登場してこない。男神だと言われているが、あくまでも推測で、そういう記述はない。だが、夜を司る神、月の神として信仰され、宮崎の皇大神社別宮、京都の松尾大社別宮などに月読神社として祀られている。

高天原伝承地

古来より高天原の伝承地として知られる場所のひとつ、奈良県御所市高天の集落。金剛山（昔は高天山と呼ばれていた）の中腹にある集落で、標高が高く、冬はこの一帯だけが一面の銀世界に。夏でも空気が冷え冷えと張りつめている感じがあり、普通に人の住んでいる場所なのに、独特の神秘的な雰囲気がある。

● 奈良県御所市高天

樹齢数百年はありそうな杉並木の続くせまい
参道を抜けると、高天彦神社があらわれる。

高《たか》天《ま》彦《ひこ》神社

高天集落にある、タカミムスヒを祀る神社。創建時期は不詳。高天彦はタカミムスヒの別名だろうといわれている。小さな社だが、不思議な威厳と神々しさを漂わせていて、奈良に来たらここを訪れる、というファンも多い。社務所はなく、近くの高鴨神社の神官が兼務しておられる。

- 奈良県御所市北窪158

沼島《ぬしま》

イザナギ、イザナミの二神が「天浮橋」に立って「天沼矛」を持って海原をかきまわし、その矛を引き上げたとき、矛の先から滴り落ちた雫が固まってできたという「オノゴロ島」。日本列島最初のこの島は、全国に数カ所の伝承地があるが、淡路島の南4キロの海上に浮かぶ「沼島」がその最有力候補だといわれている。周囲9.5キロの勾玉の形をした小さな島で、人口は約500人強。淡路の土生港、洲本港と定期船で結ばれている。

● 兵庫県南あわじ市沼島

「おのころさん」と「おのころ神社」
沼島の南側にある小高い山は「おのころさん」と呼ばれる神体山。その山上に「おのころ神社」があり、イザナギ、イザナミの二神を祀っている。境内には仲むつまじい二神の像がある。

上《かみ》立《たて》神《がみ》岩《いわ》
沼島の東の海上に浮かぶ、高さ約30メートル、矛先のような形をした沼島のシンボル。イザナギ、イザナミが国生みをしたとき、巨大な柱の周囲を回って出会う婚姻の儀式をしたという「天の御柱」だと伝えられている。

黄《よ》泉《もつ》比《ひ》良《ら》坂《さか》

イザナギとイザナミを永遠に隔てた生者と死者の境界線・黄泉比良坂は、出雲国の伊《い》賦《ふ》夜《や》坂《さか》だったという伝承がある。伝承地には千引の岩とされる巨石があり、「神蹟黄泉比良坂伊賦夜坂伝説地」の碑が建てられている。

● 島根県松江市東出雲町揖屋

揖夜《いや》神社

黄泉比良坂の伝承地のそばにあり、イザナミを主祭神とする。隣接する比婆山には、イザナミの御陵と伝えられる古墳がある。

● 島根県松江市東出雲町揖屋2229

みそぎ池

黄泉比良坂から逃げ帰ったイザナギが「禊ぎ」を行ったと伝わる、日向の阿波岐原にある池。江田神社の北東、「市民の森公園」の中にあり、「御池」または「みそぎが池」とも呼ばれている。

● 宮崎県宮崎市阿波岐原町産母

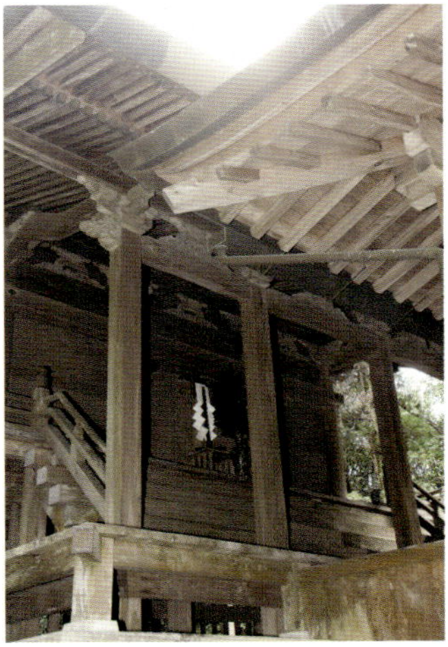

江田神社

阿波岐原の「みそぎ池」のそばにあり、この地でイザナギ、イザナミを祀る神社。創建は不明だが、837年の『続日本後紀』にその名が記されている由緒ある古社である。

● 宮崎県宮崎市阿波岐原町字産母127

住吉大社

神宮皇后が摂政11年に住吉三神を祀って建立したといわれている。住吉三神とは、イザナギが黄泉の国から戻ってきて禊ぎを受けたとき生まれた、ソコツツノオノミコト、ナカツツノオノミコト、ウワツツノオノミコトの三柱の神。全国2300あまりの住吉神社の総本社で、大阪では商売繁盛の神様「すみよっさん」と親しみを込めて呼ばれている。

● 大阪府大阪市住吉区住吉2-9-89

月読神社

イザナギの第二子でアマテラスの弟神（男神と伝えられているが、本当のところは不明）であるツクヨミノミコトを祀る。名のとおり夜を司る神だ。京都の松尾大社の摂社で小さな社だが、どこか神さびてしっとりと雰囲気のよい神社である。

● 京都市西京区松室山添町15

伊弉諾《いざなぎ》神宮

『古事記』では、国生みと八百万の神を生むという大業を果たしたイザナギが、あとのことをすべてアマテラスに任せ、国の始まりとなった淡路島に「幽宮《かくりのみや》」を構えて余生を過ごしたとされている。その住居跡とされる地に御陵がつくられ、創始されたのが神社の起源。我が国最古の神社のひとつ。明治以前は禁足の聖地とされ、周囲に濠が巡らされていたという。

● 兵庫県淡路市多賀740

多賀大社

古くから「いのちの神様、お多賀さん」の愛称で親しまれている古社。日本人の生みの親、イザナギ、イザナミの両神をご祭神とし、延命長寿、厄除け、家内安全の神として信仰されている。創建年代は不明だが、『古事記』に既にその名が記載されていることから、少なくとも8世紀以前からあったとされる。

● 滋賀県犬上郡多賀町多賀604

『古事記』をつくった二人の主役

我が国初の歴史書誕生

『古事記』は、第四十代天武天皇が、「後世に正しい歴史を伝えるために」編纂を発案し、和銅五（七一二）年、四十三代元明天皇の時代に完成した我が国初の歴史書である。正しい読み方は「ふることふみ」。神代における天地の始まりから推古天皇の御代に至るまでの神話・伝説など数多くの物語が記載された、神と人とが織りなす壮大なファンタジーである。

当時まだ二十代だった舎人《とねり》の稗田阿礼《ひえだのあれ》が、その抜群の記憶力を見込まれて『帝紀』や『旧辞』（各氏族に伝わる歴史や伝承の記録）などの誦習を命ぜられ、それをもとに文官の太安万侶《おおのやすまろ》が編纂したと伝えられる。

この二人の主役、稗田阿礼と太安万侶とは、いったいどんな人物だったのか。その足跡をたどってみた。

ぐるりと濠をめぐらした稗田環濠集落。大和郡山市の指定文化財に指定されている。

記憶の天才、稗田阿礼

実は稗田阿礼という人については、ほとんど詳しい事はわかっていない。目にした物事をすぐさま言葉にすることができ、一度聞いた事はすべて記憶し、忘れる事がないという特殊な能力を持っていた、という記録があるのみである。

通常「舎人」とは男性の職だが、民俗学者の柳田國男博士などから、「実は女性ではないか」という異論が提唱された。なぜなら、稗田氏とはアメノウズメを始祖とする猿《さる》女《め》君《のきみ》と同族であり、猿女君は朝廷に仕える巫女の一族、また「アレ」とは巫女の別称だとする説だ。もちろん、正解は不明である。

その阿礼の出身地といわれているのが、猿女君稗田一族の居住地、稗田集落（現在の奈良県大和郡山市稗田町）。外敵からの防御が目的と思われる、全体を濠で取り囲んだ環濠集落で、その南東の端に阿礼を主祭神とする「賣《め》太《た》神社」がある。記憶の神様、転じて学問・知恵の神様として崇敬される阿礼にあやかろうと、受験生がたくさん参拝するらしい。

賣太神社。稗田阿礼を主祭神とし、毎年8月16日に阿礼祭が行われる。

● 奈良県大和郡山市稗田町319

希代の文筆家で編集者、太安万侶

では、もう一人の主役、太安万侶とはどういう人物だったのか。これもやはり、詳しい事はわからない。阿礼のように、どんな優れた能力を持っていたか、といった記録もない。だが、天武天皇が文官たちの中から彼を選び、天皇家にとって何よりも大切な歴史書となるべき書物の編纂を任せたことからして、相当に優秀な文官だったことは間違いない。今でいえば、非常に優秀な文筆家であり、編集者だったということだろう。

その安万侶は、古代の有力な氏族、多《おお》氏の出身で、奈良県の田原本には今も多の里という地域がある。その多一族の氏神として鎮座しているのが「多神社」。主祭神は神武天皇だが、参拝客はほとんど安万侶目当てのようだ。

神社側もそれを意識しているらしく、鳥居をくぐって拝殿に近づくと、両脇にゆるキャラの「まろちゃん」がいて出迎えてくれる。安万侶も草葉の陰で苦笑しているかもしれない。

多神社。正式名称は多坐弥志理都比古《おおにいますみしりつひこ》神社。創建は江戸時代といわれる。

● 奈良県田原本町大字多570

茶畑で偶然発見された安万侶の墓

さて、そんな安万侶の墓をめぐって、三十余年前、歴史がひっくり返るような大事件が起きた。

昭和五十四年、奈良市田原地区に住む農夫が、茶畑を掘っているとき、土中に炭のようなものを見つけた。さらに掘っていくと大きな穴があらわれ、中に灰に混じった小さな骨があり、灰の下には板があって、それには「太朝臣」という文字が書かれていた。最初は「誰の墓かわからないが、一応供養しておこう」と、寺に持っていくつもりでお菓子の箱に入れていたが、その話が奈良県の文化保存課に伝わり、担当者が調べにきた。

担当者は「太朝臣」の文字を見るなり「これは大変だ」と大興奮。すぐに発掘が行われ、この墓が太安万侶の墓であることが判明した。調べたところ、「太朝臣」と書かれた板は、安万侶の住んでいた場所や位、亡くなった年月日などが書かれた墓誌で、のちに国の重要文化財に指定された。

現在、この場所は「太安萬侶墓」として国の史跡となっている。

見渡す限りの茶畑を臨む高台に、ひっそりとたたずむ太安万侶の墓。
●奈良県奈良市此瀬町

第二章

アマテラスとスサノオ、天地を揺るがした姉弟神の確執

天岩戸神社「古代銀杏」

スサノオ、高天原に姉アマテラスを訪ねる

父イザナギノカミ（伊邪那岐神）に葦原中国から追放されたスサノオノミコト（須佐之男命）は、母のいる根之堅州国に行く前に、姉のアマテラスオオミカミ（天照大御神）に事情を報告してこようと、高天原を訪れる。だがスサノオが天に昇るとき、まき起こった山川のとどろきと国土の震えに驚いたアマテラスは、『弟はおそらく高天原を奪おうとやってきたに違いない』と思い、男の恰好をして全身武装し、地面を荒々しく踏みならしながらスサノオを待ち受けた。

そして大声を張り上げて『何のために高天原に昇ってきたのか』と叫ぶ。スサノオは『私に邪心はありません。母の国に行く前に、おいとまごいに来ただけです』と答えた。アマテラスがさらに疑って『では、お前の心が潔白であることを、どうすれば知ることができるだろう』と言うと、スサノオは『お互いが誓約《うけい》（神意を占うこと）をして子を産みましょう』と提案した。

そこで二神は、天《あめ》の安《やす》の河をはさんで誓約を行った。まずアマテラスがスサノオの腰に下げていた長い剣を貰い受けて三つに折り、聖なる水で振りすすいで噛みに噛んで息を吐き、タキリビメノミコト（多紀理毘売命）、イチキシマヒメノミ

コト（市寸島比売命）、タキツヒメノミコト（多岐津比売命）の三柱の女神を産んだ。次にスサノオがアマテラスの体に巻き付けていた玉飾りを貰い受け、同じように振りすすいで噛みに噛んで息を吐き、アメノオシホミミノミコト（天之忍穂耳命）、アメノホヒノミコト（天之菩卑能命）など五柱の男神を産んだ。

スサノオは『あなたが私の持ち物を使って産んだのは、やさしい女の子でした。それは私の心が清らかだったからです。だから誓約は私の勝ちです』と勝利宣言をし、アマテラスもそれを認めた。だが、驕《おご》ったスサノオはこののち豹変し、田の畦を壊し、溝を埋め、アマテラスの御殿に糞尿をまき散らした。アマテラスはそんなスサノオをかばい続けていたが、スサノオの悪行はますますエスカレートしていくばかりだった。

アマテラス、天の岩屋戸に隠れる

そしてある日、決定的なできごとが起きた。アマテラスが神聖な機織り場で機織り女に神の衣を織らせていたとき、スサノオは機織り場の天井に穴をあけ、馬の皮をはいで逆さにして投げ込んだ。それを見た機織り女は驚きのあまり梭《ひ》（機織り道具）で陰部を突き刺して死んでしまった。

[1] 天の岩屋戸　アマテラスが隠れたといわれる天の岩屋戸（天の岩屋、天の岩戸ともいう）の伝承地としては、京都府福知山市の岩戸神社、奈良県橿原市の天岩戸神社などいくつかの神社があげられるが、最も有名なのは宮崎県高千穂町の天岩戸神社である。岩屋戸と伝えられる場所は、同神社の裏側、岩戸川をはさんだ対岸の岸壁にある。

これにはさすがのアマテラスも恐ろしくなり、天《あめ》の岩屋戸《いわやと》［1］に引きこもってしまい、このため高天原も葦原中国もすべて闇に包まれ、永遠の夜が訪れた。暗黒世界で神々は騒ぎだし、魔物が動きだし、ありとあらゆる災いが起こった。

そこで八百万の神々はこの危機を乗り越えるため、高天原の天安河原《あまやすがわら》［2］に集まり、タカミムスヒノカミ（高御産巣日神）の子のオモイカネノカミ（思金神）［3］に知恵を出させた。オモイカネは大掛かりな祭りを行う事を提案した。まず常夜《とこよ》の長鳴鳥《ながなきどり》を集めて鳴かせ、天安河の川上にあった大きな堅い岩と天の鉱山の鉄を取ってきて鍛冶師に鏡を作らせた。また玉造師に五百個もの勾玉《まがたま》を使った玉の緒の飾りを作らせ、天香具山から根こそぎ抜いてきた五百本以上の榊の上の方にそれを飾り、中の枝には八尺鏡《やたのかがみ》、下の枝には白と青の神聖な布を垂らした。

アメノタジカラオノミコト（天手力男神）［4］が天の岩屋戸の脇に隠れて立ち、そこへ舞い手のアメノウズメノミコト（天宇受売命）［5］がヒカゲノカズラをたすきにかけ、ツルマサキで髪を結い、笹の葉を束ねて持って登場した。そして岩屋戸の前に伏せた桶をドンドンと踏みならしながら踊りだし、神懸かり状態になって胸もあらわに衣装をはだけ、ひもを陰部にまで押し下げて踊り続けた。見ていた神々は大声で笑いだし、高天原はどっとどよめいた。

［2］天安河原

高千穂町の天岩戸神社西本宮から、岩戸川沿いに歩いて十分ほどのところに、八百万の神が相談した天安河原と伝えられる洞窟がある。パワースポットとしても知られる神秘的な場所で、別名「仰慕ケ窟《ぎょうぼがいわや》」とも呼ばれる。

［3］オモイカネノカミ（思金神）

「オモイ」は思慮のこと、「カネ」は兼ね備える、の意味で、思考や思想、知恵を司る神。高天原の神々の中でもっとも知恵のはたらく神といわれる。長野県の戸隠神社、埼玉県の秩父神社などに祀られている。

天の岩屋戸開きとスサノオの追放

岩屋戸の中のアマテラスは不審に思い、戸を細めに開けて尋ねた。

『私が隠れてしまって世界は闇に包まれているはずなのに、どうしてアメノウズメが踊っていて、神々が笑っているのか』

するとアメノウズメが答えた。

『あなた様に勝る尊い神がおいでになるので、みなで喜び笑っておりました』

そう言っている間に神々が大きな鏡を差し出し、そこに自分の姿を見たアマテラスは不思議に思って少し戸を開け、外をのぞいた。その瞬間、隠れていたタジカラオがアマテラスの手をとって引っぱりだし、すかさず後ろに回った神が戸口に注連縄をまわし、『もうここから中へ戻ることはできません』と言った。

こうしてアマテラスが再び出てくると、高天原も葦原中国も光に満ち、明るくなった。八百万の神は相談し、このできごとの原因となったスサノオにたくさんの供物を出させ、ヒゲを切り、手足の爪も切って高天原から追放することにした。

[4] アメノタジカラオノミコト（**天手力男命**）
アマテラスを岩屋戸から引っ張りだした怪力の神。力の神、技芸やスポーツの神として信仰を集めている。長野県の戸隠神社や岐阜県の手力雄神社に祀られている。

[5] アメノウズメノミコト（**天宇受売命**）
天の岩屋戸の前でトランス状態になって踊ったアメノウズメは、芸能の女神、縁結びの神としても知られる。このとき彼女が踊った舞は神楽のルーツとなったといわれる。のちにサルタヒコの妻となった。宮崎県高千穂町の荒立神社は、アメノウズメとサルタヒコが祭神となっている。

斬殺された食物の女神の体から、五穀の種が生まれる

こうして高天原から追い出されて地上に降り立ったスサノオはすっかり腹をすかせ、食物をつかさどる女神、オオゲツヒメノカミ（大宜都比売神）のところへ行って食べ物を求めた。オオゲツヒメは鼻や口から、さらに尻からもさまざまな食料を出し、料理してスサノオに差し出した。

ところがその様子を見ていたスサノオは、穢れた食べ物を自分に食べさせようとしていると思い、怒ってオオゲツヒメを斬り殺してしまった。

このとき、殺された女神の体からさまざまなものが生まれ出た。まず頭から蚕が生まれた。そして両目からは稲が、両耳からは粟が生まれ、鼻からは小豆が、尻からは大豆、陰部からは麦が生まれた。これを見ていたタカミムスヒは、これらを取って五穀の種とし、農業の始まりとしたのである。

天岩戸神社

アマテラスが隠れた天の岩屋戸を祀る神社。岩戸川をはさんで西本宮と東本宮があり、西本宮は天の岩屋戸をご神体とし、東本宮はアマテラスをご祭神としている。創建年代は不詳。天の岩屋戸神話の聖地として、一年を通して全国から参拝者が訪れる。

● 宮崎県高千穂町大字岩戸1073-1

天安河原

岩屋戸に隠れてしまったアマテラスに出てきてもらうために、八百万の神が集まって相談したと伝えられる天安河原は、天岩戸神社の西本宮から岩戸川沿いに500メートルほど歩いたところにある。河原には「願いを込めて積むと願いが叶う」といわれるたくさんの石積みがあり、洞窟の奥にオモイカネを主祭神とする「天安河原宮」がある。

奥社本殿に向かう参道。樹齢400年を超える天然記念物の杉並木が2キロにわたって続く。

霊峰戸隠山

戸隠神社

長野市北西部の霊山戸隠山の麓にある神社。創建は孝元天皇5（紀元前210）年といわれ、二千年の歴史を刻む古社である。戸隠山は、アメノタヂカラオが天の岩屋戸からアマテラスを引っ張りだした際、二度と隠れられないよう渾身の力を込めて岩屋戸を遠くに投げ、その戸がここまで飛来してできた山と伝えられる。奥社、中社、宝光社、九頭竜社、火之御子社の五社から成り、いずれも天の岩屋戸開きの神事にまつわる神々を祀っている。

● 長野県長野市戸隠3506

背後に戸隠山の絶壁が鎮座する奥社本殿。主祭神はアメノタヂカラオ。

伊勢神宮

伊勢神宮の正式名は「神宮」。神社本庁の本《ほん》宗《そう》であり、明治から戦前までは、すべての神社の上に位置する神社として、社格の対象外とされていた。太陽の神であるアマテラスを祀る皇大神宮（内宮）と、衣食住の神である豊受大《とようけおお》御《み》神《かみ》を祀る豊受大神宮（外宮）の二つの正宮がある。創建は、内宮が垂仁天皇26年、外宮が雄略天皇22年。天武天皇の時代に斎宮が制度化され、天武天皇の皇女である大伯皇女が初代斎宮となった。近世になって「お伊勢参り」が流行り、庶民から親しみをこめて「お伊勢さん」と呼ばれるようになった。

● （内宮）三重県伊勢市宇治館町1

檜原神社《ひばらじんじゃ》

奈良の大神神社の摂社の一つで最も社格が高く、創建の古い社。第十代崇神天皇の御代に、アマテラスを祀って建立された。十一代垂仁天皇の時代にご祭神をこの地から伊勢神宮に遷したが、その後も引き続きアマテラスを祀っているため、「元伊勢」と呼ばれる。

● 奈良県桜井市三輪字桧原

神様もひとやすみ

時代劇に出てきそうな茶店「桧原《ひばら》お休み処」

● 奈良県桜井市三輪桧原1330
10：00～16：30
駐車場あり

檜原神社の脇、山の辺の道沿いにある茶店。昔ながらの茶店の雰囲気があり、素朴な味わい。メニューは、温かいにゅうめん800円、あまざけ400円、わらびもち550円など。店内では手作りの土産物なども販売している。

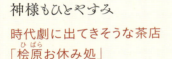

コラム

宇陀松山の町並み

宇陀は周囲を吉野山地、竜門山地などの山々に囲まれた辺境の地だったが、京都や奈良と伊勢をつなぐ交通の要衝だったことから、古くから中央の影響を受けて発達してきた。町としての形を成し始めたのは戦国時代。その後数々の変遷を経て昭和の半ばまで繁栄を続け、今も庶民の生活の場として当時の景観がそのまま残っている、歴史的にも貴重な町並みである。江戸時代から明治、大正、昭和までの約二百軒におよぶ伝統的な建物があり、二〇〇六年に重要伝統的建造物群保存地区に選定された。

●奈良県宇陀市大宇陀

大《おお》御《み》神社

阿波岐原の「みそぎ池」のそばにあり、この地でイザナギ、イザナミを祀る神社。創建は不明だが、837年の『続日本後紀』にその名が記されている由緒ある古社である。

● 宮崎県宮崎市阿波岐原町字産母127

境内にある巨大なさざれ石。パワースポットとして人気が高い。

境内の岩場に鎮座する鵜戸神社。社の内側から入口方向を振り返ると、白い昇り龍の姿が現れる。

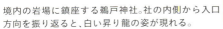

阿紀神社

ご祭神はアマテラス。垂仁天皇の御代に、皇女ヤマトヒメが宇多の吾城（阿騎）にアマテラスを祀ったという宮が、神社の起こりと伝えられている。境内には神明造りの本殿と、現在では非常に珍しい能舞台があり、「あきの蛍能」として毎年6月に催される。

● 奈良県宇陀市大宇陀迫間252

第三章

スサノオ、ヤマタノオロチを退治し クシナダヒメと結婚する

須佐神社「大杉」

強い酒を飲ませ、酔いつぶれたオロチを切り刻む

高天原を追放されたスサノオノミコト（須佐之男命）は、出雲の国の肥河《ひのかわ》［1］という川のほとりを歩いていた。すると、川の上流から箸が流れてきた。『きっと誰かが住んでいるに違いない』。そう思ったスサノオがそのまま川べりを上っていくと、思ったとおり一軒の屋敷があった。

屋敷の中には、涙を流している美しい娘と老夫婦がいた。

老父は国を治める国津神《くにつかみ》であるオオヤマツミノカミ（大山津見神）［2］の子でアシナヅチ（足名椎）［3］、娘はクシナダヒメ（櫛名田比売）［4］と名乗った。スサノオが『どうしたのだ』と聞くと、アシナヅチは哀しみの表情を浮かべながら話し始めた。

『私には八人の娘がいたのですが、ヤマタノオロチ（八俣遠呂智）という大蛇が毎年娘をひとりずつ食べてしまい、このクシナダヒメが最後の娘になってしまいました。今年ももうすぐ大蛇がやってくる時期です。どうすることもできずに、ただただ泣き悲しんでいたのでございます』。大蛇は八つの頭と尾をもち、眼は赤く体中に木々が生え、八つの谷や山を覆い尽くすほどの巨体だという。

［1］肥河
島根県の船通山を源流とする斐伊川《ひいがわ》のことを指す。古くから氾濫を繰り返して人々を苦しめたこの暴れ川を、ヤマタノオロチに見立てたのではないかといわれている。また、出雲平野を蛇のようにくねって流れる様がヤマタノオロチの元になったともいわれる。

［2］オオヤマツミノカミ（大山津見神）
イザナギとイザナミの御子神で、山の神。カヤノヒメノカミ（鹿屋野比売神）とともに、土・霧・谷・峠を司る八神を産んだとされる。娘神には、ニニギノミコトの妻となるコノハナノサクヤビメとその姉のイワナガヒメがいる。

事情を知ったスサノオは、娘を自分にくれるならオロチを退治してやろうと提案する。

『しかし、私たちはあなた様のお名前も知りません』

『私はアマテラス大御神の弟、スサノオである。たった今高天原から降ってきたのだ』

スサノオが素性を明かすと、老夫婦は『それほど貴い方とは存じませんでした。娘を差し上げますので、どうかオロチを退治してください』とスサノオに懇願した。

スサノオは霊力でクシナダヒメを櫛に変身させて自分の髪に挿し、アシナヅチに強い酒をつくるように命じた。アシナヅチは醸造を八回も繰り返して強い酒をつくり、スサノオに渡した。スサノオはその酒を八つの桶に満たし、あらかじめ家のまわりの垣根につくっていた八つの門に桶を置き、ヤマタノオロチがやって

〔3〕**アシナヅチ**（**足名椎**）**とテナヅチ**（**手名椎**）
クシナダヒメの両親。名前はそれぞれ「足の霊力」「手の霊力」を意味し、田を耕して働く人を象徴している。

〔4〕**クシナダヒメ**（**櫛名田比売**）
クシナダは「クシ（霊妙な）＋ナダ（稲田）」の意味で、稲作に豊穣をもたらす神。島根の八重垣神社、須我神社などで祀られている。

第3章 スサノオ、ヤマタノオロチを退治しクシナダヒメと結婚する

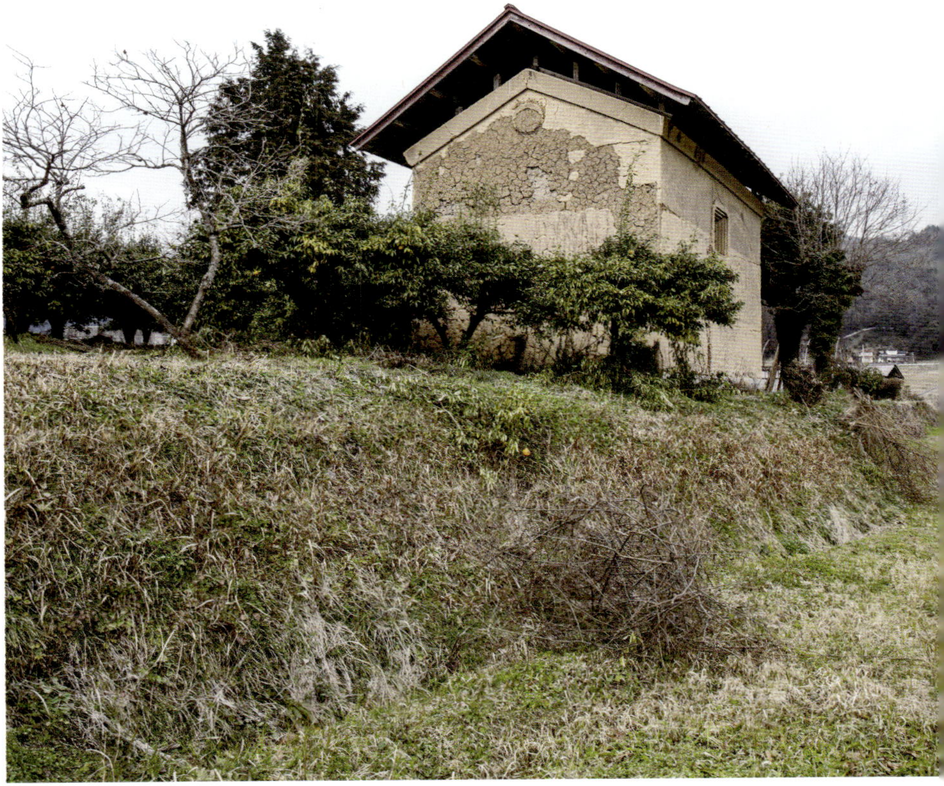

くるのを待った。
ほどなく、ヤマタノオロチはやってきた。スサノオのねらいどおり、オロチは酒の匂いに引き寄せられて、酒桶に頭を突っ込んで酒を飲みほし、そのまま酔いつぶれて眠ってしまった。その隙にスサノオは手にした剣でオロチの八つの頭を次々に切り落とした。流れ出た大量の血で肥河は真っ赤に染まる。スサノオはなおも攻撃の手を緩めず、胴体を切り刻んでいった。すると、胴体の中から太刀が出てきた。その見事な出来栄えに感服したスサノオは、剣をアマテラスに献上する。これが、「天叢雲剣《あめのむらくものつるぎ》」で、のちに三種の神器のひとつとなる草薙の剣である。

出雲の須賀の地に宮殿を建て、クシナダヒメと暮らす

ヤマタノオロチを退治したスサノオは、約束どおりクシナダヒメを妻にする。そして、新居を建てるにふさわしい場所を探し求めて出雲の国を歩き、「須賀」という場所にたどりつく。『私はここに来て清々しい心になった』と不思議な気を感じたスサノオはこの地に宮殿をつくり、クシナダヒメと暮らし始める。宮殿のあたりを取り囲むように沸き立つ雲を眺めながら歌を詠んだ。

——八雲立つ　出雲八重垣　妻籠みに　八重垣つくる　その八重垣を——

（妻を守るために宮にいくつもの垣をつくったが、その八重の垣をめぐらせたように、出雲には雲が幾重にも湧く）［5］

スサノオは、アシナヅチを宮殿の長官に任命。イナダノミヤヌシスガノヤツミミノカミ（稲田宮主須賀之八耳神）という名を与える。

その後、妻のクシナダヒメとの間に一柱、ほかの女神との間に二柱の子をもうけた。さらにこれらの神々が子をつくり、スサノオは多くの子孫に恵まれた。その中の一柱がオオナムジノカミ（大穴牟遅神）、のちのオオクニヌシノカミ（大国主神）である。

［5］**「八雲立つ〜」の歌**
日本で初めて詠まれた和歌といわれている。スサノオがここで「すがすがしい」気持ちになったことが「須賀」という地名の由来になっている。

斐伊川

磐座

須《す》我《が》神社《じんじゃ》

スサノオとクシナダヒメを祀る。ヤマタノオロチを退治したあとに二人が住んだ宮の跡地に鎮座している。スサノオが日本で初めて和歌を詠んだ「和歌発祥之地」とされており、境内には多くの歌碑や句碑が並ぶ。また、社殿から2キロほど離れたところには、スサノオ他3神が祀られた巨大な磐座《いわくら》（夫婦岩）があり、この神社の奥宮となっている。

● 島根県雲南市大東町須賀260

鏡池

八《や》重《え》垣《がき》神《じん》社《じゃ》

スサノオとクシナダヒメの夫婦神を一緒に祀る。スサノオがヤマタノオロチを退治した際に、八重垣を造りクシナダヒメを隠した場所とされる。境内の鏡池は、クシナダヒメが鏡の代わりに姿を映したといわれる。

● 島根県松江市佐草町227

草枕山《くさまくらやま》

スサノオが仕掛けた強い酒を飲み、酔いつぶれたヤマタノオロチが枕にした山といわれる。

● 島根県雲南市加茂町神原

八口神社《やぐちじんじゃ》

草枕山を仰ぎ見る場所にある。眠り込んだオロチに矢を放って仕留めた場所といわれている。

● 島根県雲南市加茂町神原98

印瀬《いんぜ》の壺神《つぼがみ》

八口神社に祀られている通称「壺神さま」。スサノオが仕掛けた8つの酒壺のひとつといわれている。ちなみに、この八口神社は上記の八口神社とはまったく別の神社である。

● 島根県雲南市木次町西日登1524-1

天が淵

ヤマタノオロチが棲んでいたと伝わる場所。斐伊川の上流にある。

● 島根県雲南市木次町湯村

温泉神社《おんせんじんじゃ》

クシナダヒメの両親であるアシナヅチとテナヅチが住んでいたといわれる。二人の墓と伝わる陵がある。

● 島根県雲南市木次町湯村1060

〈ノスタルジック・ジャパン〉シリーズ

日本神話のふるさと 写真紀行

『古事記』に登場する魅力的な神々の物語。その舞台となった地域の美しい風景とともに、神話のストーリーをわかりやすく紹介したオールカラーの写真紀行。ゆかりの神社や史跡も豊富に掲載。知的好奇心をくすぐるテーマで、美しい日本の原風景を紹介する旅の本シリーズ「ノスタルジック・ジャパン」の第6弾。

撮影：清永 安雄　仕様：A5判・オールカラー・224ページ・並製本
定価：本体1,700円＋税　ISBN978-4-86311-130-1

真田六文銭 写真紀行

戦国武将の中でも屈指の人気を誇る幸村と真田一族。その軌跡を追って信州、上州、九度山、大阪を旅した写真紀行。真田氏ゆかりの史跡は写真とキャプションで個別に解説。コラムや地図、お土産や食事処も多数収録。

撮影：清永 安雄
仕様：A5判・オールカラー・184ページ・並製本
定価：本体1,600円＋税　ISBN978-4-86311-126-4

日本の海賊 写真紀行

代表的な海賊（水軍）が活躍した瀬戸内、紀州、佐賀～長崎、房総、三浦にその足跡をたずね、海に生き、海に散った冒険者たちのロマンあふれる夢のあとを追った。海賊にまつわる史跡を、美しい風景とともに紹介する1冊。

撮影：清永 安雄
仕様：A5判・256ページ・オールカラー・並製本
定価：1,700円＋税　ISBN978-4-86311-109-7

足名椎命
手名椎命
神陵

稲田神社

クシナダヒメを祭神とする。稲田はこの女神の誕生の地といわれる。

● 島根県奥出雲町稲原2128-1

神様もひとやすみ

稲田神社境内にある「姫のそば　ゆかり庵」

● 島根県奥出雲町稲原 稲田神社内
営業時間：11：00〜14：30
火曜定休　駐車場あり

稲田神社の境内にあり、社務所で営まれている珍しいそば屋「ゆかり庵」。畳敷きの店内は、知人の家に寛いでいるような親しみやすさがある。出雲そばの特徴である三段の丸い漆器に入っているのが割子そば。釜揚げそばは茹でたそばを水洗いせず茹で汁と一緒にそのまま食べる。そばの香りが楽しめるとファンから根強い人気がある。

クシナダヒメの産湯の池

笹宮：笹をご神体とする宮

●出雲神話

出雲国を舞台にした国譲りまでの物語

出雲神話とは、『古事記』や『日本書紀』の中で出雲を舞台に語られている神話のことを指す。また、『出雲国風土記』の神話を指すこともある。

とくに『古事記』の神話は約四割が出雲神話で、高天原を追放されたスサノオが降り立ち、ヤマタノオロチを退治し、国づくりを果たしたオオクニヌシが高天原から派遣されタケノミカヅチに国を譲り、出雲大社に隠棲するまでの範囲が出雲神話となる。また、『出雲国風土記』に記録されている国引き神話も、出雲神話を代表する物語としてよく知られている。島根県には、須佐神社や神

魂神社など、出雲神話由来の神社が
数多く存在する。

鬼《おに》の舌震《したぶるい》

島根県奥出雲町にある峡谷。斐伊川の支流馬木川の急流が岩を削ってつくりだした、約3kmにわたる大渓谷。正式指定名称は鬼舌振。 地名は『出雲国風土記』の一文にある「和仁のしたぶる」が転訛したものといわれている。

万《まん》九《く》千《せん》神《じん》社《じゃ》

神在月（旧暦10月）に出雲に参集した全国の八百万の神々が最後に立ち寄り、宴を催す場所とされている。

● 島根県出雲市斐川町併258

須佐神社

『出雲国風土記』に、スサノオが「須佐」と命名し自らの御魂を鎮めた場所と記されている。そのことから、スサノオの終焉の地と伝わる霊地である。

● 島根県出雲市佐田町須佐730

稲佐の浜に続いているといわれる塩井《しおのい》。スサノオがこの潮を汲み、当地を清めたという。

大野津神社

スサノオがヤマタノオロチを退治したときに、その角と骨が流れ着いたと伝えられる場所。宍道湖のほとりに建つ。

● 島根県松江市大野町243

菅《すが》谷《や》たたら山内《さんない》

たたら師の生活を今に伝える

上／菅谷高殿。1751年から約170年間、操業が続けられた。
下／菅谷たたらを経営していた日本一の山林王・田部家の土蔵群。

島根県の出雲地方では、古くから「たたら」と呼ばれる伝統技法による製鉄が盛んに行われていた。たたら製鉄とは粘土製の炉の中に原料（砂鉄）と燃料（木炭）を交互に入れ、砂鉄を溶かして鉄の塊を得る技術で、明治以降の近代洋式製鉄技法が広まるまで島根県は全国の製鉄の中心地だった。このたたら製鉄が盛んに行われていた町の一つが雲南市吉田町菅谷。ここに、たたらの製鉄炉と建物（高殿）が日本で唯一保存されており、往時のたたら師の暮らしぶりを今に伝えている。ちなみに「山内」とは、たたら製鉄に従事していた人たちの職場や住んでいた地区の総称である。

第四章

オオクニヌシノカミの国造りと神々への国譲り

赤猪岩神社

稲羽の白兎を助けて、ヤガミヒメと結婚する

稲羽《いなば》［1］という場所にたいそう美しいヤガミヒメ（八上比売）という女神がいた。その女神に求婚するために八十神《やそがみ》［2］たちが稲羽へと向かって海岸を歩いていた。兄神たちの荷物を背負いながら後に従って歩いていたオオクニヌシノカミ（大国主神）は、皮をはぎ取られて泣いている兎を見つけた。

事情を聞くと、於岐《おき》の島からこちらに渡る方法がなかったので、ワニ［3］を騙して並ばせ、その上をつたって渡ろうとしたらしい。しかし、渡り終わる寸前に『まんまと騙されたな』とつぶやいてしまい、それを聞いて怒ったサメたちに

［1］**稲羽**
一般的には「因幡の白兎」として知られる物語だが、古事記では「稲羽之素菟」と表記されているのみで、この稲羽が因幡国のことだとは書かれていない。イナバは、稲葉・稲場であり、広くイネの置き場を意味する。ただ、物語の展開上、オオクニヌシの義父にあたるスサノオが出雲に住んでいたので、隣の因幡国を指すものと解釈されている。

［2］**八十神**
「八百万の神」と同様に、八十柱の神ではなく、多くの神という意味。オオクニヌシには、それほどたくさんの兄がいたといわれる。

［3］ワニ
現在では「ワニ」はサメのことを指す古語だと考えられている。

皮をはぎとられてしまったのだ。あまりの痛さに泣いていると、八十神が通りかかり『海で体を洗って風に当たればよくなる』と言われ、そのとおりにしたところ、もだえ苦しむほどの痛さに襲われたというわけだ。

気の毒に思ったオオクニヌシは『真水で体を洗い、ガマの穂を敷いて寝転べばすぐに良くなる』と教えた。その通りにして元気になった兎は、オオクニヌシにこう告げる。

『お兄さんたちはヤガミヒメとは絶対に結婚できません。ヤガミヒメがお選びになるのはあなたです』

この予言どおり、八十神たちの求婚は次々と断られ、ヤガミヒメが結婚相手として選んだのはオオクニヌシであった。

しかし、この結婚は兄神たちの嫉妬を招き、オオクニヌシに大きな災いをもたらすことになる。

嫉妬から兄神たちに何度も殺され、その度に生き返る

嫉妬した兄神たちは、オオクニヌシを殺そうとする。伯耆の山に誘い出し、赤い猪だと偽って焼けた巨岩を山から落とし、猪を捕まえるように命じられていた

オオクニヌシはその巨岩を受け止めて焼け死んでしまう。この死を悲しんだ母神のサシクニワカヒメ（刺国若比売）は高天原のカミムスヒノカミ（神産巣日神）に懇願して、なんとかわが子を生き返らせた。

ところが、兄神たちはまたもオオクニヌシをだまして、楔を打ち込んだ大木の割れ目に入らせ、楔を引き抜いて挟み殺してしまった。サシクニワカヒメは再びオオクニヌシを蘇生させるが、わが子の身を案じ、木国《きのくに》［4］の神のところに逃げるように言う。ところが木国にも危機が迫り、木国の神はオオクニヌシに、スサノオノミコト（須佐之男命）のいる根之堅洲国《ねのかたすくに》に行くようにすすめ、オオクニヌシもそれに従った。

スサノオの宮殿に行くと、そこには娘のスセリビメ（須勢理毘売）がいた。スセリビメはオオクニヌシを一目で気に入り、相思相愛となり夫婦の誓いを交わす。

スサノオは、オオクニヌシが本当に娘にふさわしい相手かどうかを見極めるために、オオクニヌシにさまざまな試練を与える。

まず、蛇のいる部屋に寝かせた。だが、その前にスセリビメが蛇の害を祓う布を渡していたのでオオクニヌシは無事だった。翌日の夜は、ムカデと蜂のいる部屋に寝かされたが、このときもスセリビメが手渡した布の呪力のおかげで部屋から出ることができた。さらにスサノオは、野に放った矢をオオクニヌシに拾いに

［4］**木国《きのくに》**
紀伊国を指すといわれる。紀伊国でオオクニヌシを迎えたのがオホヤビコ（大屋毘古神）で林業の神として信仰されている。

行かせ、野原に火を放った。このときは鼠が出てきて、穴に隠れ潜んでいれば火をやり過ごすことができると教えられ、難を逃れた。これらの試練を乗り越えたオオクニヌシを見て満足したのか、スサノオは居眠りをはじめた。

オオクニヌシは、眠っているスサノオの髪を室屋の垂木に結びつけると、スセリビメを背負い、宝物の生太刀《いくたち》・生弓矢《いくゆみや》・天詔琴《あめののりごと》を携えて逃げ出した。

スサノオは黄泉比良坂まで追いかけて来たが、オオクニヌシの背中に向かって『生太刀と生弓矢を使って兄弟たちを追い払い、お前は国を治めよ。そして、娘のスセリビメを正妻として、宇迦《うか》の山のふもとに太い宮柱を建て、天高くそびえる宮殿に住め』と叫んだ。

その言葉どおり、兄弟神たちを退けたオオクニヌシは、出雲の宇迦の山麓に宮を設け、他の神々とともに国造りを始めた。

出雲の地に自らの神殿を建てることを条件に国を譲る

オオクニヌシは、カミムスヒの御子であるスクナビコナノカミ（少名毘古那神）［5］と力を合わせて国造りを進めた。しかし、スクナビコナは途中で海のかなたの常世国《とこよのくに》［6］に行ってしまう。困り果てたオオクニヌシが海岸で悲嘆にくれて

［5］**スクナビコナノカミ（少名毘古那神）**
オオクニヌシが御大《みほ》の岬にいたときに船に乗ってやってきた小さな神。親であるカミムスヒノカミの指の間から生まれたといわれる。後世の『御伽草子』の一寸法師のモデルになったとされる。

［6］**常世国**
古代日本で信仰された、海の彼方にあるとされる異世界。不老長寿の国、死人の国、桃源郷のような世界のことである。

いると、沖合からオオモノヌシノカミ（大物主神）[7]が近づいてきて『自分を祀ってくれるならお手伝い差し上げよう』と言った。オオモノヌシは大和国の三輪山に祀られ、以後、オオクニヌシとともに国造りを進めていった。

地上の世界を治める偉大な神になったオオクニヌシの手によって実り豊かな葦原の国ができあがると、高天原のアマテラスオオミカミ（天照大御神）は自分の子どもにその国を治めさせたいと考えた。八百万の神々と協議し、オオクニヌシに使者を送り、国を譲るよう説得にかかった。

最初の使者に選ばれたのがアメノホヒノミコト（天之菩卑能命）。ところがアメノホヒはオオクニヌシに媚びて使命を果たせず、次に送りこんだアメノワカヒコ（天若日子）も、地上支配という野心からオオクニヌシの娘と結婚してしまい八年経っても戻ってこなかった。そこで、様子をさぐるために雉の鳴女《なきめ》を地上へ遣わすが、アメノワカヒコが天から授かった弓矢で鳴女を殺してしまい、矢は鳴女を貫いて高天原まで届いてしまう。『アメノワカヒコに邪心がなければ、この矢を地上に投げ返しても彼にあたらないだろう』と高天原の神は矢を投げ返したところ、その矢はアメノワカヒコに刺さって絶命した。

高天原は、三番目の使者として強力な武神であるタケミカヅチノオノカミ（建御雷之男神）[8]を送った。タケミカヅチはオオクニヌシに『アマテラスの命で地

[7] **オオモノヌシノカミ（大物主神）**
オオクニヌシの国造りを助けた神として知られるが、オオクニヌシと同一神であるという説もある。第十代崇神《すじん》天皇が、疫病流行を鎮めるために大和の三輪山に祀ったことから、三輪山をご神体とする大神神社《おおみわじんじゃ》の祭神となった。〔第六章参照〕

[8] **タケミカヅチノオノカミ（建御雷之男神）**
雷神であり、武芸・剣の神でもある。イザナミが死ぬ原因となったヒノカグツチノカミ（火之迦具土神）をイザナギが斬ったときに、剣の鍔に溜まった血から生まれた。のちに神武天皇東征のときには、高天原から霊剣を降ろして危機を救っている。

上は高天原の御子が治めることになった。国を譲る気持ちはあるか』と迫る。オオクニヌシは『私は引退した身なので、息子に聞いてほしい』と答え、コトシロヌシノカミ（事代主神）を呼び、意見を求めると、あっさりと譲ることを認め、そのあと自分の船を転覆させて柴垣に変えて、その中に隠れてしまった。

そんなとき、オオクニヌシのもう一人の息子であるタケミナカタノカミ（建御名方神）[9]が現れ、タケミカヅチに力比べを申し出る。タケミナカタはタケミカヅチの腕をつかむが、タケミカヅチが自分の腕を剣に変化させたため、タケミナカタは恐れをなして手を放してしまう。次の瞬間、タケミカヅチはタケミナカタの手をとるなり、簡単に握りつぶしてしまった。驚いて逃げたタケミナカタだったが、タケミカヅチに追い詰められて命乞いをしてなんとか助かった。

再度、国譲りについて問われたオオクニヌシは『すでにコトシロヌシもタケミナカタも高天原に従うことを誓った。国をお譲りします。その代わり、出雲に私の住む壮大な神殿を建ててください』と国譲りに同意した。

この出雲の壮大な神殿が出雲大社である。

[9] タケミナカタノカミ（建御名方神）
タケミカヅチに敗れたタケミナカタは、信濃の諏訪まで逃れたところで殺されそうになる。しかし、諏訪から二度と出ないという約束をして許される。このタケミナカタが最初に居住した地が現在の諏訪大社上社前宮といわれている。タケミナカタは諏訪神社の主祭神となっている。

白兎神社《はくとじんじゃ》

因幡の白兎が身を乾かしたとされる身干山《みほしやま》と呼ばれる丘に鎮座する。主祭神は白兎神《はくとじん》。白兎が体を洗ったとされる御身池がある。オオクニヌシとヤガミヒメの仲をとりもったことから縁結びの神として信仰されている。

● 鳥取県鳥取市白兎603

白兎海岸

オオクニヌシが白兎を助けた海岸。

神様もひとやすみ

おさかなダイニング「ぎんりん亭」

● 鳥取県鳥取市白兎613　道の駅神話の里白うさぎ
営業時間：11：00〜22：00
年中無休　駐車場あり

道の駅「神話の里　白うさぎ」の2階、白兎海岸を一望出来るロケーション抜群の食事処。地産地消をテーマにした店で、日本海の活きの良い食材をふんだんに使った丼や定食が人気の秘密だ。名物の「うさぎの三段跳び丼」はイカ、イクラ、塩辛の丼にてんぷら、茶碗蒸し、小鉢が付いて1,200円。

大岩

赤《あか》猪《い》岩《いわ》神社《じんじゃ》

兄神たちに騙されて、焼けた大岩で命を落としたオオクニヌシが生き返った場所といわれる。境内にはその大岩が封印されている。

● 鳥取県南部町寺内232

賣《め》沼《ぬま》神《じん》社《じゃ》

ヤガミヒメを祀る神社。

● 鳥取県鳥取市河原町曳田

出雲大社

国譲りの神話に由来する神社。正式名称は「いずもおおやしろ」。出雲国一宮で、明治4（1871）年に改称されるまでは「杵築大社《きずきおおやしろ》」と呼ばれていた。高さ約24メートルの本殿は江戸中期造営のもので、以前は48メートルあったとされる。

● 島根県出雲市大社町杵築東195

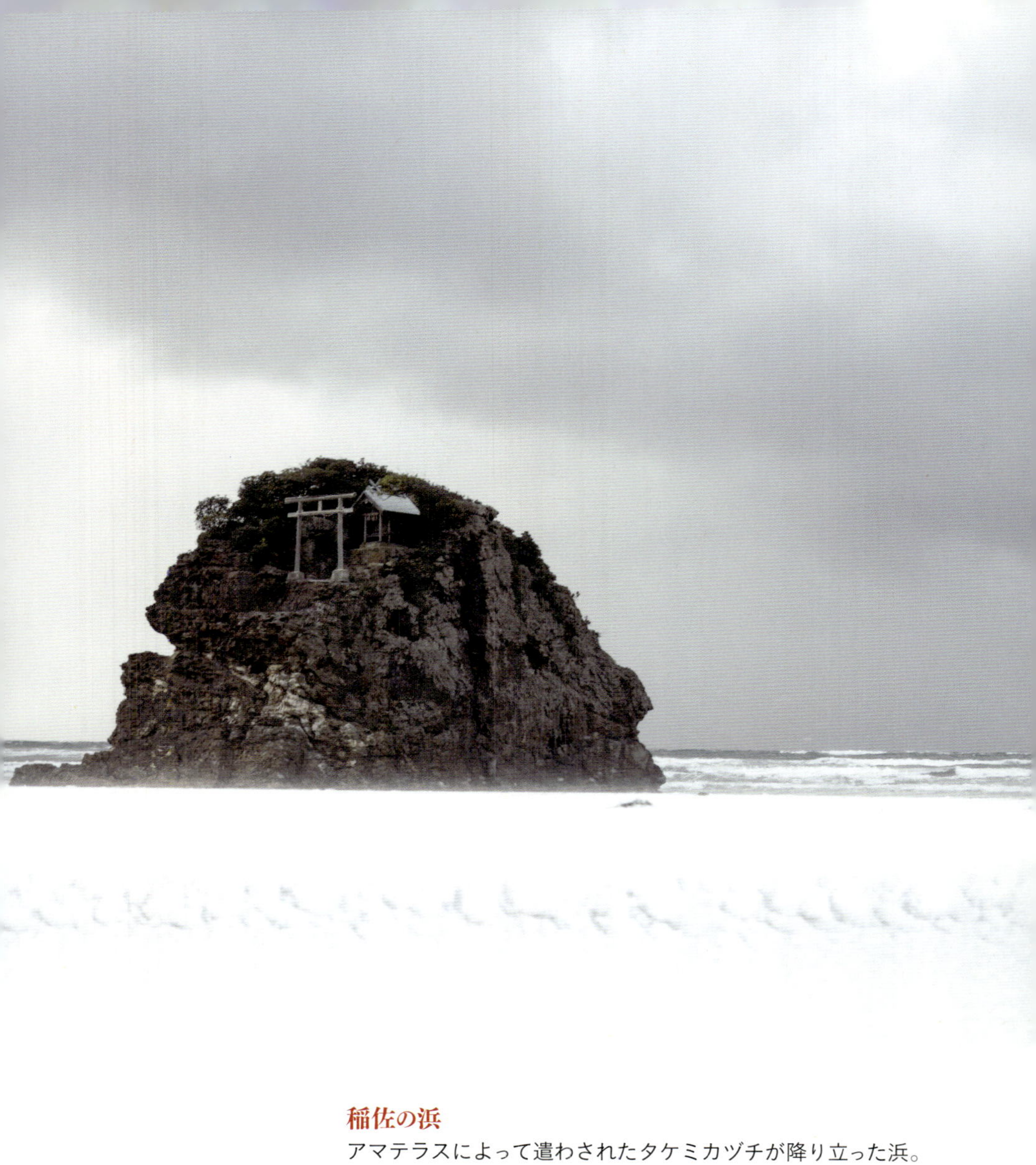

稲佐の浜

アマテラスによって遣わされたタケミカヅチが降り立った浜。剣の柄を海に刺して立て、刃の先にあぐらをかいてオオクニヌシに国譲りを迫ったと伝わる。また、タケミカヅチとタケミナカタが力比べをしたとされるつぶて石が残る。旧暦10月の「神在月」には八百万の神々はこの浜から上陸するといわれ、現在も神迎祭が厳かに執り行われる。

●島根県出雲市大社町杵築北稲佐

屏風岩

オオクニヌシと高天原からの使者として派遣されたタケミカヅチが、この岩を背にして国譲りの話し合いをしたといわれている。

●島根県出雲市大社町杵築北

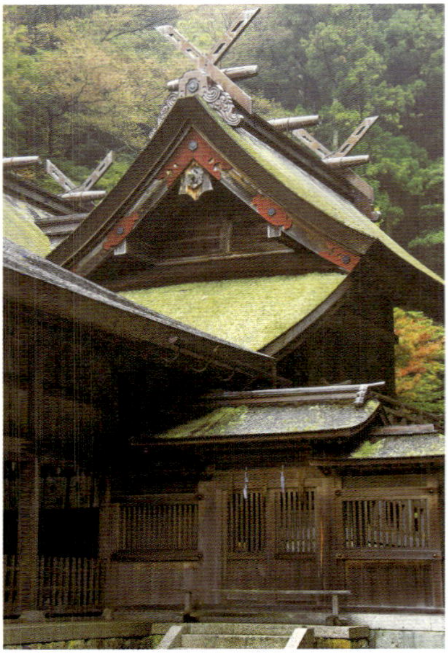

美保神社

オオクニヌシの御子神であるコトシロヌシを祀る。コトシロヌシは七福神のひとりである恵比寿であるといわれ、商売繁盛の神とされる。

● 島根県松江市美保関町美保関508

美保関・青石畳通り

佐太神社

『出雲国風土記』に登場する佐太大神をはじめ、十二柱を祀る出雲三大社のひとつ。

● 島根県松江市鹿島町佐太宮内

神魂《かもす》神社《じんじゃ》

イザナミを主祭神とする古社。出雲国造りの始祖、アメノホヒが最初に降り立った地とされる。

● 島根県松江市大庭町563

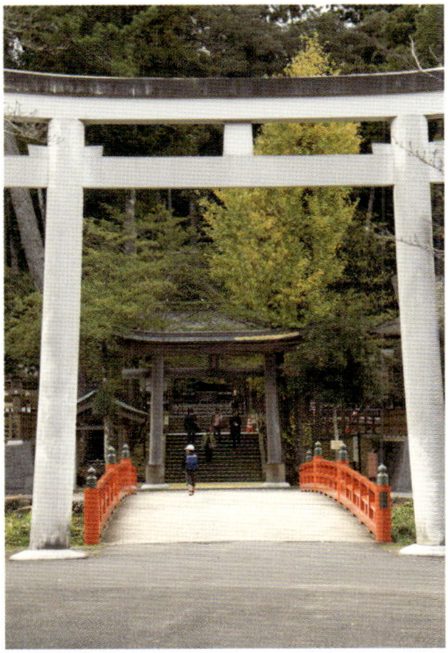

熊野大社《くまのたいしゃ》

出雲大社と共に出雲国一宮として古くから信仰を集めている神社。スサノオを祀る。火の発祥の神社として「日本《ひのもと》火《ひ》出《で》初《ぞめ》之《の》社《やしろ》」の名をもつ。

- 島根県松江市八雲町熊野2451

日《ひの》御《み》碕《さき》神社《じんじゃ》

「神の宮」にスサノオ、「日沈宮」にアマテラスを祀る。昼を守る伊勢神宮に対して、夜を守る神社として「ヨ沈宮」の名がついたとされる。

● 島根県出雲市大社町日御碕455

隠ヶ丘

スサノオの魂が鎮まる地。「私の魂はこの柏の葉の止まるところに住もう」と言ってスサノオが投げた柏の葉が止まった場所。日御碕神社のそばにある。

● 島根県出雲市大社町日御碕1480

神様もひとやすみ

日御碕の海産物なら「花房」

● 島根県出雲市大社町日御碕1481

営業時間：10：00～16：00

不定休

駐車場なし（共同駐車場あり）

日御碕灯台のすぐそばにあるお土産と食事の店「花房」。おすすめは古事記丼。古事記編纂1300年を記念し、神話にゆかりが深い出雲の観光を盛り上げようと地域の店舗が共同で開発した海鮮丼だ。値段はそれにちなんで1300円。サザエやブリ、ワカメなど日御碕の新鮮な魚介が惜しげもなく使われている。

猪目洞窟《いのめどうくつ》

『出雲国風土記』に記載されている黄泉の穴といわれている洞窟。風土記には、この洞窟を夢に見た者は必ず死ぬと記されている。

● 島根県出雲市猪目町1338

佐香神社（松尾神社）

『出雲風土記』に、ここにたくさんの神々が集まり酒をつくり、毎日のように宴会をしたとあり、日本酒発祥の地とされている。

● 島根県出雲市小境町110

(上社)長野県諏訪市中洲宮山1

諏訪大社

長野県の諏訪湖の周辺に4カ所の境内地(上社本宮、上社前宮、下社秋宮、下社春宮)をもつ神社。信濃国一之宮、全国各地にある諏訪神社総本社で、国内にある最も古い神社の一つ。本殿はなく、代わりに秋宮は一位の木、春宮は杉の木を御神木とし、上社は御山を御神体として拝している。御祭神はタケミナカタと、その妃であるヤサカトメ(八坂刀売)。

（下社）長野県下諏訪町5828

唐王神社《とうのうじんじゃ》

オオクニヌシの正妻であるスセリビメが祀られている。スセリビメが亡くなった地と伝わる。

● 鳥取県大山町唐王725

第五章

ニニギノミコトの高千穂降臨と海幸彦、山幸彦の物語

高千穂神社「夫婦杉」

高千穂の峰に降り立ち、コノハナノサクヤビメと出会う

高天原が地上を治める神として選んだのは、アマテラスオオミカミ（天照大御神）の孫にあたるニニギノミコト（邇邇芸命）[1]である。ニニギは数人の神を引き連れ、三種の神器である勾玉・鏡・草薙の剣を携えて地上に向かった。

途中、高天原と地上をつなぐ道の辻に、天と地を照らす神が現れた。地上の神の一人であるサルタビコノカミ（猿田毘古神）[2]で、ニニギの案内役を買って出た。

[1] **ニニギノミコト（邇邇芸命）**
アメノオシホミミノミコト（天忍穂耳命）とヨロズハタトヨアキツシヒメノミコト（万幡豊秋津師比売命）の御子神でアマテラスの孫にあたる。古事記によると、アマテラスは最初、天孫降臨をニニギの父神であるアメノオシホミミに命じた。だが『わが子の方が適任でございます』と辞退し、ニニギがその大役を果たすことになった。

[2] **サルタビコノカミ（猿田毘古神）**
地上にいた国津神のひとり。天孫降臨の先導を務めたことから、物事を良い方向へ導く開運の神とされる。このサルタビコが鎮座するのが伊勢神宮の内宮のそばに建つ猿田彦神社である。

天孫一行は雲を押し分け、天空に浮かぶ天浮橋をとおって、日向の高千穂［3］の霊峰に降り立った。『この地は朝陽がよく差し、夕陽がよく照るいい場所だ』と喜び、ここに宮殿を造営して暮らし始めた。

しばらくたったある日、ニニギは笠沙の岬［4］で美しい女性を見初める。オオヤマツミノカミ（大山津見神）の娘のコノハナノサクヤビメ（木花之佐久夜毘売）［5］だった。

ニニギはすぐに求婚するが、嫁ぎ先は父が決めることになっているとコノハナノサクヤビメはためらいを見せる。だが心配は杞憂に終わった。話を聞いたオオヤマツミは大いに喜び、もう一人の娘であるイワナガヒメ（石長比売）［6］と数多くの結納品をニニギのもとへ送り届けた。

ところが、イワナガヒメの見た目があまりにも醜かったので、ニニギは祝いの品だけを受けとり、イワナガヒメを返してしまった。寂しげに引き返してくる娘を見たオオヤマツミは、ニニギに使者を送ってこう伝えた。

『姉妹を捧げたのには意味があります。イワナガヒメと結ばれれば御子の命は堅固な岩のように長らえ、コノハナノサクヤビメと結ばれれば咲き誇る木の花のように栄えます。しかし、御子はコノハナノサクヤビメだけをお選びになった。御子の命は、咲き誇る木の花のように栄えたあと、時期がくれば花が散るようにつ

［3］日向の高千穂

古事記では降臨の地を「筑紫の日向の高千穂の久士布流多気《くじふるたけ》」と記している。その候補地はいくつかあるが、なかでも有力とされているのが宮崎県北部の高千穂町と宮崎県と鹿児島県の県境にそびえる霧島連峰の高千穂峰である。しかし、高千穂とは神霊が降る高く積んだ穂積を意味し、場所を特定したものではないとの説もある。

［4］笠沙の岬

薩摩半島の南西端の野間岬は、笠沙の岬の有力な候補地。ニニギがコノハナノサクヤビメを見初めた地といわれる。

いえてしまうことになりました。悲しく残念なことでございます』

これが、神の子であるはずの天皇の命が限りあるものになった理由とされている。ニニギと一夜の契りを結んだコノハナノサクヤビメは懐妊する。しかし、ニニギは『一夜で子が宿るはずはない。きっと国津神の子にちがいない』とコノハナノサクヤビメに疑いの目を向ける。

するとコノハナノサクヤビメは『もし天津神の御子であれば、何があっても無事に生まれるでしょう。国津神の子であれば、無事には生まれないでしょう』と言い放ち、神聖な産屋の中に閉じこもり、自ら産屋に火をつけた。激しく燃え盛る火の中で、コノハナノサクヤビメは三柱の神を産んだ。ホデリノミコト（火照命）、ホスセリノミコト（火須勢理命）、ホオリノミコト（火遠理命）で、三柱ともみな無傷で天津神の御子であることが証明されたのだった。

釣り針から始まった兄弟の争いとトヨタマビメとの出会い

コノハナノサクヤビメが産んだ三柱の神のうち、ホデリは漁で暮らしを営むウミサチビコ（海佐知毘古＝海幸彦）、ホヲリは狩で暮らすヤマサチビコ（山佐知毘古＝山幸彦）となった。

---

[5] コノハナノサクヤビメ（木花之佐久夜毘売）
大山津見神の娘神。絶世の美女とされる。木の花が栄えることから山の神として祀られており、富士山を信仰する全国の浅間神社の祭神となっている。

[6] イワナガヒメ（石長比売）
コノハナノサクヤビメの姉。「岩のように長久に変わることのない女性」という意味の名をもつ。浅間神社にコノハナノサクヤビメと共に祀られている。イワナガヒメだけを祀っているのは雲見浅間神社（静岡県賀茂郡松崎町）や大室山浅間神社（静岡県伊東市）などがある。

ある日、ヤマサチは兄のウミサチに『一度お互いの道具と仕事を交換してみませんか』と言い出した。ウミサチはあまり乗り気ではなかったが、弟がどうしてもというので交換してみた。しかし、お互いまったくうまくいかない。さらに悪いことに、ヤマサチは、ウミサチが大事にしていた釣り針を失くしてしまった。ヤマサチは自分の剣をつぶして五百個の釣り針をもっていくが、ウミサチの怒りはおさまらず、さらに千個の釣り針をもっていっても許してくれない。困り果てたヤマサチのところに、潮の流れを司るシオツチノカミ（塩椎神）[7]が現れた。これまでの事情を話すと『海を統べる海神オオワタツミノカミ（大綿津見神）とその娘が力を貸してくれるだろう』と言い、小舟を差し出した。その小舟に乗ったヤマサチは海の宮殿にたどり着いた。そこには、オオワタツミの娘であるトヨタマビメ（豊玉毘売）がいた。オオワタツミはヤマサチを大いに気に入り、多くの歓待の品々とともに、トヨタマビメを嫁として与えた。

　幸福な毎日を過ごすうちに三年の月日が流れた。兄の釣り針のことを思い出したヤマサチは、トヨタマビメに相談。それを聞いた海神はすべての魚を召し出し、鯛の喉にひっかかっていた針を見つけ出した。

　喜び勇んで陸に戻ろうとするヤマサチに、オオワタツミは「塩盈珠《しおみつたま》」と「塩乾《しおふる》珠《たま》」を与え、さらに、ウミサチに釣り針を返すときにある呪文を唱えるように教

[7] **シオツチノカミ（塩椎神）**

ヤマサチを海神国に導いたシオツチは、海路を司ったことで、航海の神とされる。宮城県塩竈市にある塩竈神社はこのシオツチが祭神となっている。また、その風貌から、浦島太郎のモデルになったといわれている。

えた。

ヤマサチは言われたとおり、『この釣り針は、駄目な針、貧しくなる針、運気の下がる針……』という呪文を唱えながらウミサチに釣り針を返した。すると、その呪文のように、ウミサチはそれからまったく魚が獲れず、田畑の収穫もなくなり、どんどん貧しくなっていった。これが弟のせいだと怒ったウミサチは、ヤマサチを殺そうとした。

ヤマサチは、オオワタツミからもらった「塩盈珠」で攻めてくるウミサチを溺れさせ、降参したと見ると「塩乾珠」で海水を引かせて助けた。それを何度も繰り返すうちに、ウミサチは弟に許しを乞い、『これからはあなたに従います。昼も夜もあなたをお守りします』と誓ったのである。

ヤマサチビコ、トヨタマビメの本当の姿を見て逃げ出す

壮絶な兄弟喧嘩が終わったあと、海の宮殿からトヨタマビメがやってきた。ヤマサチの子どもを身ごもったので陸で出産するためだった。

ヤマサチは慌てて海岸に産屋を建て始めたのだが、鵜の羽根で屋根を葺き終える前にトヨタマビメの陣痛がはじまってしまう。しかたなく、トヨタマビメは未

完成の産屋に入り出産に備えようとした。

そのときトヨタマビメは『誰でも、出産のときはその人が属する国での姿になって出産するものです。私は海にいるときの姿に戻っていますので、絶対途中で見ないでください』とヤマサチにお願いした。

しかし、ヤマサチはこの約束を破ってしまう。こっそりと産屋を覗き見たヤマサチの目に飛び込んできたのは、身をくねらせて出産しようとしている大きなワニだった。その恐ろしい姿に、ヤマサチは逃げ出してしまう。

そのことを知ったトヨタマビメは、出産の姿を見られたことを恥じて、生まれたばかりの子を置いて海の国へ帰っていった。残された子は、「渚の鵜の羽根で屋根を葺き終えない産屋で生まれた勇ましい子」という意味を込めてウガヤフキアエズノミコト（鵜萱草葺不合命）と名付けられた。

トヨタマビメは、かわいい我が子を残してきたことが気がかりで、子の養育係として妹のタマヨリビメ（玉依毘売）を送る。のちに、ウガヤフキアエズはこのタマヨリビメと結婚し、イツセノミコト（五瀬命）、イナヒノミコト（稲氷命）、ミケヌノミコト（御毛沼命）、カムヤマトイハレビコノミコト（神倭伊波礼毘古命）の四柱の子をもうけることになる。

ニニギノミコト像

国見ケ丘

神武天皇の孫・タテイワタツノミコト（建磐龍命）が九州統治の際に立ち寄って、国見をされたという伝説の丘。東に高千穂の山々や棚田の風景、西に阿蘇外輪山、秋の早朝には雲海を見ることのできる絶景ポイント。ニニギなど三柱の像が立つ。

高千穂峡

阿蘇火山活動の噴出した火砕流によってできた峡谷。天孫降臨の際、この地に水がなかったことからアメノムラクモノミコト（天村雲命）が高天原から水種を移したという伝説が残る真名井の滝がある。

神様もひとやすみ

千穂の家　元祖流しそうめん

● 宮崎県西臼杵郡高千穂町三田井御塩井
営業時間：10：00～17：00
年中無休
駐車場あり

創業は昭和30年、流しそうめんの元祖をうたう高千穂峡の有名店。真名井の滝のすぐそばにある老舗だ。素朴な造りの建物の中には流しそうめん用の竹樋が4本備えられている。そうめんを流す水は近くの玉垂れの滝からひいている。一番人気はそうめんとおにぎり、山女魚の塩焼きがセットになったやまめ定食。近くには各種定食が充実した食事処の「千穂の家」もある。

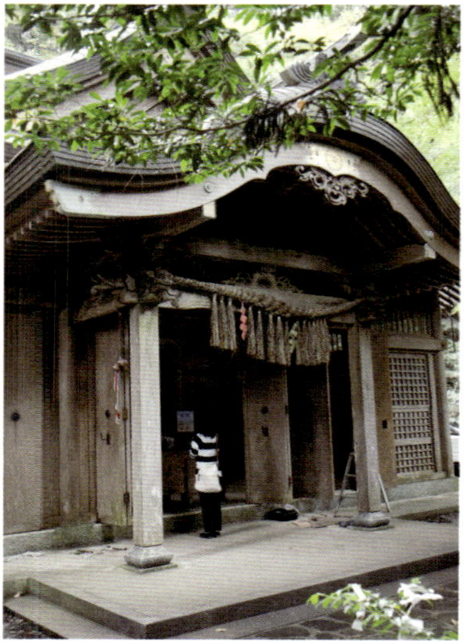

槵觸神社《くしふるじんじゃ》

古事記には、ニニギの降臨地は「筑紫の日向の高千穂の久士布流多気」と記されている。その久士布流多気と伝わるのが槵触神社。背後の小山を槵触山とし、古くはその山をご神体としていた。近くには水を欲したニニギが高天原から移した「天真名井」や、降臨後、高天原を拝したと伝わる「高天原遥拝所」がある。

● 宮崎県高千穂町三田井713

高天原遥拝所

天真名井

高千穂神社

高千穂皇神と十社大明神を主祭神とする。高千穂皇神は日向三代（ニニギ、ホオリ、ウガヤフキアエズ）と配偶神（コノハナノサクヤビメ、トヨタマビメ、タマヨリビメ）の総称。十社大明神は三毛入野命をはじめとする10柱を祀る。境内にある神楽殿では「岩戸開き」を主題にした夜神楽が毎日公開されている。

● 宮崎県高千穂町三田井1037

本場の神楽を体験する「高千穂神楽」

高千穂にまつわる神々の神話を題材にした舞を楽しめる高千穂神楽。宮崎県高千穂町には古くから、民俗芸能「夜神楽《よかぐら》」が伝わっている。集落ごとに夜を徹して舞い、氏神様に奉納する神事であり、毎年十一月中旬から翌年二月にかけて行われる。国の重要無形民俗文化財にも指定されているこの貴重な文化に、もっとたくさんの人に触れてもらいたいと三百六十五日、毎晩楽しめるように始められたのが高千穂神楽だ。以来四十年以上、年中無休で実施されている。

夜神楽は三十三番からなり、天孫降臨や国造り、アマテラスの「岩戸隠れ」などストーリーのあるものや、安産祈願や厄払い、五穀豊穣を祈る舞で構成される。そのうち、高千穂神楽では代表的な四番だけが舞われる。荘厳な雰囲気の舞だけでなく、力強いもの、愛嬌のあるものなど趣は様々。どれも、それぞれの集落が長年自分たちの手で伝承してきた素朴さが感じられる。演じているのは、農閑期に練習を重ねた農家の皆さん

が多いという。

　高千穂神楽で見られるのは三十三番のうちのほんの一部ではあるが、地元の人々によって本場の神楽を体験できるおすすめの催しだ。

● 高千穂神社神楽殿（宮崎県高千穂町三田井1037）
日時：毎日19：00から　約1時間
　　　予約不可
料金：700円（小学生まで無料）

都萬《つま》神社《じんじゃ》

コノハナノサクヤビメを祀る。三人の子に母乳代わりに甘酒を与えたことから、清酒発祥の地とも伝わる。

● 宮崎県西都市妻1

逢初川《あいそめがわ》

ニニギが水をくみにきていたコノハナノサクヤビメと出会い、見初めたといわれる場所。

● 宮崎県西都市三宅

児湯の池

コノハナノサクヤビメの3皇子の産湯として使われた池。

● 宮崎県西都市三宅

無《う》戸《つ》室《むろ》跡《あと》

コノハナノサクヤビメが産屋に火を放ち壮絶な出産をして、ニニギの子であることを証明した場所。

● 宮崎県西都市三宅

西《さい》都《と》原《ばる》古墳群

西都市にある特別史跡公園。4～7世紀につくられた300余の古墳がある。菜の花、ヒマワリ、コスモスと季節に合わせた花々が一年を通して咲いている。

● 宮崎県西都市三宅西都原

男《お》狭《さ》穂《ほ》塚《づか》／女《め》狭《さ》穂《ほ》塚《づか》

ニニギの御陵とされる男狭穂塚、コノハナノサクヤビメの御陵とされる女狭穂塚が並んでいる。

銀鏡《しろみ》神社《じんじゃ》

イワナガヒメが鏡に映った自分の醜い容姿を嘆くあまり、遠くに投げたと伝えられる鏡をご神体として祀っている。鏡は竜房山の頂上の大木に引っかかり、麓の村を明るく照らしたのでそこを白見村と言うようになり、その鏡が銀の鏡だったことから後に「銀鏡」の名が付いた。

● 宮崎県西都市大字銀鏡518

荒立神社《あらたてじんじゃ》

サルタビコとアメノウズメを祀る。2神が結婚した際、まわりにあった荒木で急いで宮を建てたため、この名がついたと伝わる。

● 宮崎県高千穂町三田井667

木花神社《きばなじんじゃ》

ニニギとコノハナノサクヤビメを祀る。境内には産屋跡の無戸室、産湯に使ったとされる霊泉がある。

● 宮崎県宮崎市熊野9745

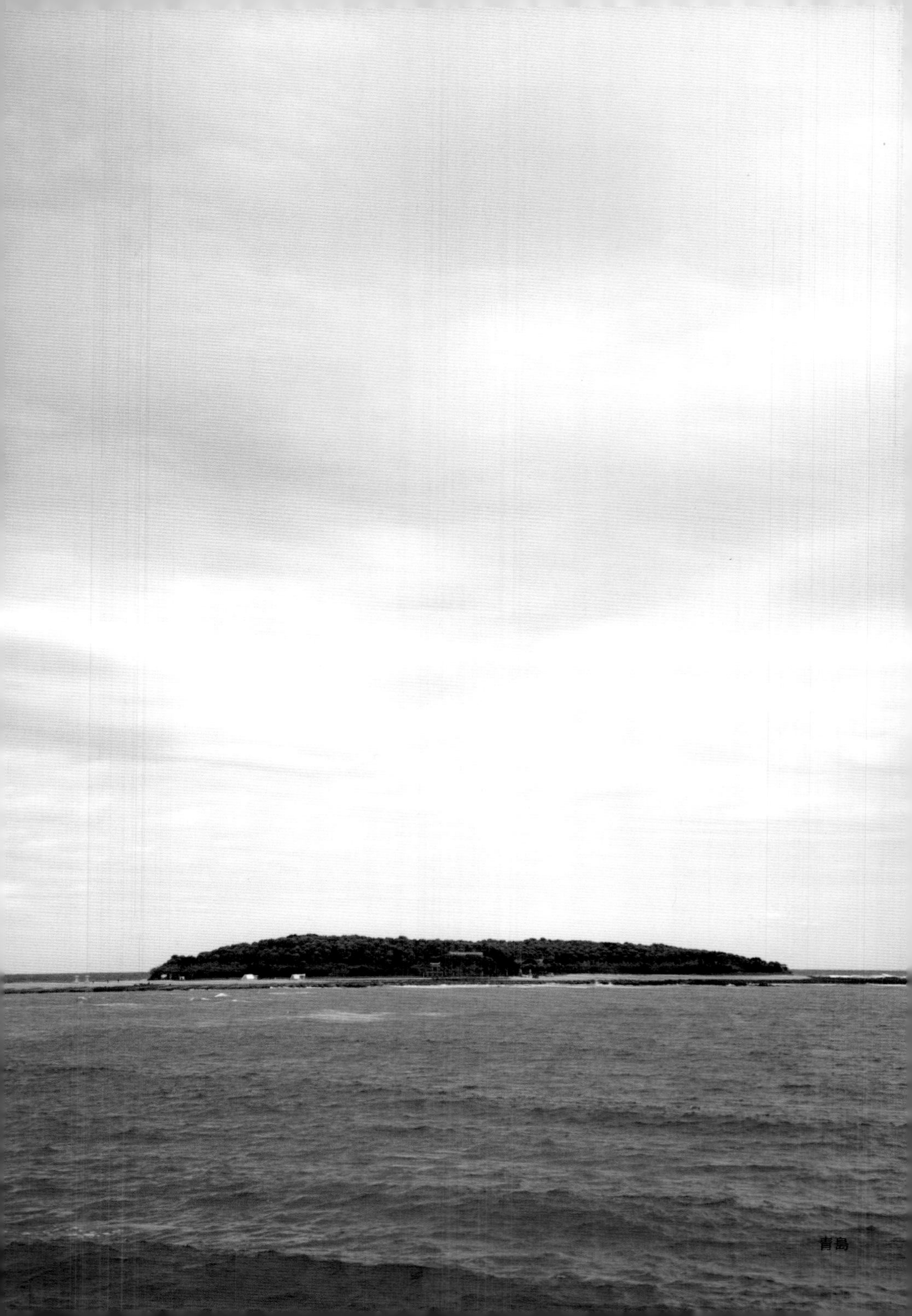

青島

鬼の洗濯板

青島神社《あおしまじんじゃ》

青島のほぼ中央に鎮座する。ヤマサチが海の国から帰ってきて、宮を建てて住んだ場所といわれる。ヤマサチとトヨタマビメ、さらに海の国に誘ったシオツチの三神を祭神とする。

●宮崎県宮崎市青島2丁目13－1

野島神社

シオツチ、天孫降臨の神々を先導したサルタビコ、漁業、子授けの神とされる住吉三神を祀っている。境内に立つ「内海のアコウ」は樹齢300年、国指定の天然記念物に指定されている。

● 宮崎県宮崎市大字内海5387－1

潮嶽神社《うしおだけじんじゃ》

ウミサチを主祭神に祀る全国でも唯一の神社。ヤマサチに敗れたウミサチが、磐船に乗ってたどり着いた越《こ》潮山《しおやま》を潮嶽《うしおだけ》と称するようになったという。

● 宮崎県日南市北郷町北河内8901-1

鵜《う》戸《ど》神《じん》宮《ぐう》

トヨタマビメが出産をした宮とされ、その子のウガヤフキアエズを祀る。本殿は海に面した洞窟の中に立つ。この洞窟が産屋跡だといわれ、本殿裏にはお乳岩がある。安産祈願の神社として広く知られる。トヨタマビメを乗せてきた亀が石となったと伝わる亀石を見下ろすことができ、「運玉」を投げ入れることができれば、願いがかなうといわれている。

● 宮崎県日南市宮浦3232

霧島神宮

ニニギを祀る。現在の社殿は江戸時代中期に薩摩藩主の島津家が建てたもの。ニニギは高天原から稲穂をもって天降ったとされ、五穀豊穣を祈念する祭祀が多く行われる。

● 鹿児島県霧島市霧島田口2608-5

狭名田《さなだ》の長田《おさだ》

ニニギが初めて水田を作った場所と伝えられる。豊作を祈って、霧島神宮により御田植祭が行われる。

● 鹿鹿児島県霧島市霧島田口

◉霧島神宮　天孫降臨御神火祭

ニニギが高千穂峰に降り立ったという伝説から、霧島神宮古宮址で行われる天孫降臨御神火祭。天孫降臨を記念し、国家安泰と国民の平和を祈る神秘的な祭だ。

　高千穂峰を臨む古宮址の斎場が夕闇に包まれる頃、あらかじめ神饌所にて採火された御神火が運ばれてくる。火を前に、神職により祝詞があげられ、厳かに祭典がはじまる。その後、火は松明に移され、高く積み上げられた祈願絵馬に点火される。暗闇に燃え上がるお焚き上げの巨大な炎は圧巻だ。同時刻に、高千穂峰の山頂でも御神火を奉納する神事が行われている。

　祭典後には市民により霧島九面太鼓と霧島神楽が奉納される。それも終わり、参列者に餅や撤下神饌が振る舞われる頃になると、山頂での神事を終えた一行が下山する様子が見られる。はるか遠くで、列をなして移動する松明の炎。それはまるで、天降ったニニギの道のりのようだ。

● 鹿児島県霧島市霧島田口2583-12　古宮址
日時：毎年11月10日

霧島東神社

ニニギが天孫降臨したとされる霧島山を中心に発生した「霧島六社」の一つ。崇神天皇によって創建された。山岳信仰の場として日本有数の霊場。高千穂峰山頂に刺さる天の逆鉾はこの神社の御神宝。

● 宮崎県高原町蒲牟田6437

◉日向神話

日向に残る三代の神たちの伝説

日向神話とは、日向を舞台にした三代の神の物語を指す。一般的に「日向三代」と呼ばれる神は、日向高千穂に降臨したニニギとその子であるホオリ（ヤマサチ）、さらに孫にあたるウガヤフキアエズのことである。古事記の神話の中では、ニニギの天孫降臨からウガヤフキアエズの結婚までが日向神話である。

　宮崎県内には、高千穂夜神楽に代表されるように日向神話を由来とする伝承・旧跡などが数多く残されている。

高千穂

龍馬ハネムーンロード

幕末の新婚旅行を追体験

犬飼滝
● 鹿児島県霧島市牧園町下中津川

幕末の志士、坂本龍馬は寺田屋事件で負った傷を癒すため、妻のお龍を連れて霧島を旅した。これが日本最初の新婚旅行だったといわれている。現在、霧島神宮、高千穂峰、犬飼滝や和気神社など龍馬が通った道のりは「龍馬ハネムーンロード」と呼ばれ、パンフレットなどをもとに足跡をたどることができる。特に長く逗留したという塩浸温泉から犬飼滝までは「龍馬の散歩道」として整備されている。

和気神社
奈良時代、道鏡に逆らい流罪となった貴族、和気清麻呂を祀る神社。
● 鹿児島県霧島市牧園町宿窪田3986

霧島神社にある竜馬夫妻の看板

第六章

神武天皇の神々平定と天皇制のはじまり

狭野神社「狭野杉」

カムヤマトイハレビコ、高千穂を出て東を目指す

ウガヤフキアエズノミコト（鵜葺草葺不合命）とタマヨリビメ（玉依毘売）の間にできたイツセノミコト（五瀬命）、イナヒノミコト（稲氷命）、ミケヌノミコト（御毛沼命）、ワカミケヌノミコト（若御毛沼命）の四人の御子のうち、長子のイツセと末子のワカミケヌ＝カムヤマトイハレビコノミコト（神倭伊波礼毘古命＝のちの神武天皇）は、ともに日向《ひむか》［1］の高千穂宮で育った。

ある日、イハレビコは兄イツセと話し合った。『どこに行けば、安らかに天下の政治を執り行うことができるだろう。やはり東へ行ってみようではないか』――そして日向の美々津の港［2］から船出し、豊の国の宇沙（現在の大分県宇佐市）を経て筑紫の岡田宮［3］に一年滞在した。そこからさらに上って安芸の国の多祁理宮《たけりのみや》に七年、吉備の国の高島宮に八年滞在した。

浪速の国の白肩津《しろかたのつ》に停泊したとき、大和の国のナガスネヒコ（那賀須泥毘古）の軍勢が待ち構えていた。そこでイハレビコたちは楯をとって陸に下り、戦った。だがこのとき、イツセはナガスネヒコの放った矢を手に受けた。そして曰く『我々は日の神の御子だから、日に向かって戦うのは良くなかった。それで矢に

［1］日向
日向（現在の宮崎県）では、高原町にある皇子原公園内の皇子原神社と、宮崎市の佐野原聖地の二カ所が神武天皇の生誕の地と伝えられている。

［2］美々津港の船出
イハレビコ一行は日向の国の美々津（美弥、耳津とも書く）港から東征の旅に出た。美々津港の入口には立磐神社があり、神武天皇を祀っている。

［3］筑紫の岡田宮
現在の福岡県遠賀郡芦屋町にある神武天皇社という神社が、岡田宮跡といわれている。

当たってしまったのだろう。今から日を背にして廻り込んで戦おう』

しかし一行がそこから廻り込んで紀の国の男之水門《おのみなと》に着いたとき、イッセの容態は急変し、『あんな卑しい者どもの手にかかって死ぬのは残念だ』と叫んで亡くなった。

タケミカヅチの霊剣、熊野の荒ぶる神を退治する

イハレビコ一行が熊野まできたとき、大きな熊が現れ、すぐに消えた。するとイハレビコがにわかに倒れ、兵士たちもみな気を失ってしまった。このとき熊野のタカクラジ（高倉下）という者が一振りの太刀を持ってきて献上したところ、イハレビコはすぐに目を覚まし、太刀を受け取った。イハレビコがその太刀を構えると、熊野の荒ぶる神たちは自然に切り倒され、兵士たちも正気を取り戻した。

イハレビコがこの太刀を手に入れたいきさつを尋ねると、タカクラジは次のような話をした――。タカクラジの夢にアマテラスオオミカミ（天照大御神）とタカミムスヒノカミ（高御産巣日神）が現れ、タケミカヅチノオノカミ（建御雷之男神）を呼んで、『葦原中国はひどく騒がしい。この国を平定させたのはお前だから、再び降りて騒ぎを鎮めなさい』と命じた。だがタケミカヅチは『私が降りなくて

も、平定に使った太刀、佐士布都神《さじふつのかみ》［4］があるので、これを降ろしましょう』と答えた。そしてタカクラジに『この太刀をお前の倉の屋根に穴をあけて落とすので、見つけたら神の御子に献上するように』と言った。目が覚めてタカクラジが倉に行ってみると、お告げどおり太刀がみつかったので、すぐに持ってきたのだという。

イハレビコ、神々を平定し、初代神武天皇となる

またタカミムスヒは、熊野から荒ぶる神々が大勢いる大和へ向かうイハレビコ一行のために、案内役として八咫烏《やたがらす》［5］を遣わした。一行は八咫烏のあとについて、吉野川の下流から大和の宇陀まで進んだ。

宇陀にはエウカシ（兄宇迦斯）とオトウカシ（弟宇迦斯）の兄弟がいた。そこでまず八咫烏を遣わして『天つ神の御子がおいでになったが、お前たちはお仕えするか』と問うた。が、エウカシは鏑矢を射かけて八咫烏を追い返した。だがイハレビコと戦うだけの軍勢が集められなかったため、帰順するふりをして自分の屋敷に罠を仕掛け、イハレビコを誘い込もうとした。それを知ったオトウカシはイハレビコに拝謁し、兄の企みを話した。

［4］**佐士布都神**
タケミカヅチがタカクラジを通してイハレビコに与えた、邪気や悪霊を祓う霊剣。奈良の石上神宮に祀られている。

［5］**八咫烏**
烏は熊野のシンボルであり、八咫は長さ一四四センチ、つまり非常に大きい聖なるカラスである。タカミムスヒに遣わされ、神武天皇の東征の旅の道案内をしたと伝えられる。奈良県宇陀市の八咫烏神社の祭神として祀られている。

そこでイハレビコの家来の道臣命《みちのおみのみこと》と大久米命《おおくめのみこと》の二人がエウカシを呼びつけ、『お前の屋敷に、まずお前が入ってみろ』と言って矢と矛で脅した。エウカシは追いつめられ、ついに自分で作った罠にかかって命を落とした。オトウカシはイハレビコに仕え、のちに宇陀の水取《もいとり》の祖となった。

このあと一行はさらに進軍して忍坂《おっさか》の大室（現在の奈良県桜井市忍阪）に到着する。そこには土蜘蛛［6］と呼ばれる大勢の兵たちが岩屋で待ち構えていた。イハレビコは土蜘蛛と同じ人数の料理人を用意して太刀を身につけさせ、一人ひとりの相手をさせ、歌を合図に一斉に斬り掛からせた。こうして土蜘蛛は全滅した。

さらにこののち、兄イツセを死なせたナガスネヒコと再度戦い、兄の敵を討つ。

こうしてイハレビコは荒ぶる神々を平定し、畝傍《うねび》の橿原宮《かしはらのみや》で初代神武天皇に即位し、天下を治めたのである。

「欠史八代」の天皇たちと崇神、垂仁、景行天皇

初代神武天皇が崩御したあとは、末子のカムヌナカワミミノミコト（神沼河耳命）が即位し、第二代綏靖《すいぜい》天皇となった。（注：しかしこの綏靖天皇から第九代の開化天皇まではほとんど記録がなく、その存在、時代も含めて「欠史八代」と呼ばれている）［7］。

［6］忍坂の土蜘蛛　『古事記』では、岩屋（洞窟）に棲んで乱暴を働く、人ではない種族のように書かれているが、大和朝廷に従わなかった氏族の蔑称ではないかといわれている。土雲とも記される。

［7］欠史八代の天皇　第二代綏靖天皇、第三代安寧《あんねい》天皇、第四代懿《い》徳《とく》天皇、第五代孝昭天皇、第六代孝安天皇、第七代孝霊天皇、第八代孝元天皇、第九代開化天皇の八人の天皇については記録が乏しい。現代の歴史学では、これらの天皇は後世に創作された人物で、実在しないのではないかといわれているが、実在説を唱える人も多い。

第十代崇神天皇の御代には、各地で飢饉や疫病が蔓延し、天皇は頭を悩ませていた。あるとき、夢にオオモノヌシノカミ（大物主神）が現れ、『我が子孫のオオタタネコノミコト（意富多多泥古命）を神官として我が霊を祀れば、こののち祟りもなく、国も安らぐであろう』との託宣を得た。天皇は起きるとすぐにオオタタネコなる人物を探し出し、御諸山《みもろのやま》＝（大和の三輪山）にオオモノヌシの魂を祀らせた。これにより疫病や飢饉はことごとくなくなり、天下は平和になった。

崇神天皇の時代にはまた、各地の土地の神を祀る制度と、各地からの貢ぎ物を中央に集める仕組みを作り上げ、最初の国家としての体制が整った。さらに各地に軍人を派遣して反乱や反逆を抑え、天下統一して人民が平和で豊かな暮らしができるようになり、「初国知らしし御真木天皇《みまきのすめらみこと》」と称えられた。

第十一代垂仁天皇は、崇神天皇の第三皇子。諸国に農業用の溜め池や溝を開き、農業を盛んにしたほか、それまで慣習化していた殉死を禁止し、代わりに埴輪を作って埋める風習を広めたと伝えられる。

第十二代景行天皇は、垂仁天皇の第三皇子。天皇自身の事蹟よりも、ヤマトタケルの父親として知られる天皇である。息子のあまりの猛々しさを恐れて、休ませる暇なく国じゅうの反朝廷勢力を征伐する旅に駆り出すが、タケルの死後、その業績を追慕し、東国巡幸の旅に出る。

狭野《さの》神社

第5代孝昭天皇の御代に、狭野尊《さののみこと》と呼ばれていた幼き日の神武天皇が生まれ育った地に創建されたと伝えられる。西方1キロのところにある生誕地に末社の皇子原《おおじばる》神社がある。このあたりには皇子川原、祓川《はらいがわ》、血捨《ちしゃ》の木、皇居原など、神武天皇生誕にまつわる地名が数多く残っている。1キロ以上にわたって続く杉木立の参道を行くと、次第に厳かな気分になってくる。

● 宮崎県高原町蒲牟田117

別表 狭野神社

皇《おう》子《じ》原《ばる》神社

皇子原は神武天皇の生誕地として顕彰されている。母親のタマヨリビメの産屋跡とも伝えられ、神社の裏手の「産婆石」の付近で生まれたといわれる。大正9年にはのちの昭和天皇が参拝され、昭和20年までは国家行事として「天孫降臨祭」が行われていた。

● 宮崎県高原町蒲牟田3-251

神様もひとやすみ

古民家で味わう創作和食「杜の穂倉邸」

- 宮崎県西諸県郡高原町蒲牟田723

営業時間：11：00～14：00
　　　　　17：30～21：30
火曜定休
駐車場あり

狭野神社から車で5分ほど、のどかな田園の中にある「杜の穂倉邸」。築190年の古民家レストランだ。二階の窓からは高千穂峰を見渡すことができる。店名は、すぐ近くにある農産物直売所の「杜の穂倉」から。地元の野菜をたくさん使った地域密着型の店だ。
京都で料理の腕を磨いた店長が作る創作和食はどれも手が込んだ料理ばかり。旬を生かした繊細な味わいを楽しむことができる。

佐《さ》野《の》原《ばる》聖《せい》地《ち》

こちらも神武天皇の生誕地といわれる場所。ウガヤフキアエズがタマヨリビメと暮らしていた宮殿跡で、ここで神武天皇はじめ四人の皇子が生まれたと伝えられる。うっそうとした森に囲まれた静かな一角で、奥に佐野原神社が鎮座している。代々島津藩主が管理してきたが、昭和32年に佐野原聖地保存会が結成され、毎年秋には例祭が行われる。

● 宮崎県宮崎市佐土原町上田島久保土

四皇子《しおうじ》　峰《がみね》

高千穂町にある槵觸《くしふる》神社の前の丘で、神武天皇の兄弟四皇子の生誕地と伝わる。頂上に四皇子峰神社があったが、現在では高千穂神社に合祀されている。

● 宮崎県高千穂町大字三田井1073

宮崎神宮

神武天皇とその両親であるウガヤフキアエズ、タマヨリビメを祀り、「神武さま」の愛称で親しまれている。この地は神武天皇が東征に出発する以前に宮を営んでいた場所と伝えられ、天皇の孫である建磐龍命がここに宮を創祀し、崇神天皇の御代に社殿が創建されたといわれている。市街地にありながら広大な境内は深い緑に包まれ、市民の憩いの場となっている。

● 宮崎県宮崎市神宮2-4-1

宮崎神宮の摂社、皇宮神社。神武天皇が東征する前の皇居跡とされており、皇宮屋《こぐや》とも呼ばれる。天皇は高原郷の狭野原で生まれ、15歳のとき宮崎に移り、45歳で東征に出発するまでの30年間をここで過ごしたといわれている。

● 宮崎県宮崎市北方横小路

神様もひとやすみ

元祖チキン南蛮の「味のおぐら」

● 宮崎県宮崎市瀬頭2-2-23（瀬頭店）
営業時間：11：00～22：00
定休日：元旦
駐車場あり

今では全国区の洋食メニューであるチキン南蛮はもともと宮崎を代表するご当地グルメ。この「味のおぐら」チェーンが元祖といわれている。甘酸っぱく味付けされた大ぶりの鶏肉に、タルタルソースが贅沢にかけられた食べ応えのある一品。本店はこじんまりした昔ながらの洋食屋の佇まい。ちゃんぽんなども楽しめるファミリー向けの大型店舗が瀬頭店だ。

御池《みいけ》
神武天皇が幼少の頃遊んだとされる池。高千穂峰の麓にある火口湖で、湖面に映る「逆さ高千穂」の美しさでも知られる。

立磐神社《たていわ》

神武天皇が東征に出発したときの船出の地、美々津で、天皇が航海安全を祈念してこの埠頭に住吉三神を祀ったのが始まりと伝えられる。境内には天皇が腰掛けたといわれる岩が残る。創建は第12代景行天皇の御代。目の前に美々津港がある。

● 宮崎県日向市美々津町3419

コラム

美々津の町並み

神武東征の出発地として知られる美々津。その港は江戸時代から明治、大正まで、関西との交流拠点として栄えた。その頃の隆盛を偲ばせる京風の家並みは、国の重要伝統的建造物群保存地区に指定されている。

二筋の通りを中心に長く続く白壁の家々。町並み景観の保全が行き届いていて、派手な看板の類いはほとんど見られない。そのため静かでしっとりとした風情が町を包んでいるが、外観はそのままに民家を改装したカフェや雑貨店は多数点在している。散策にはうってつけの町だ。

●宮崎県日向市美々津町

石上神宮《いそのかみじんぐう》

大和盆地の麓にある日本最古の神社のひとつ。物部氏の総氏神。第十代崇神天皇7年（紀元前91年頃といわれているが、有史以前の年数は定かではない）に現地に建立された。ご祭神は神武天皇の東征の剣。天皇が東征の旅で熊野に到着したとき、大きな熊が現れ、一行はみな気を失った。このとき熊野のタカクラジという者がタケミカヅチの夢のお告げで授かった太刀を献上し、一行は正気を取り戻した。太刀の名はサジフツノカミと呼ばれ、「石上大神」としてここに祀られた。北に布留川《ふるかわ》、周辺は古墳密集地帯。

● 奈良県天理市布留町384

石上神宮の人気者、ニワトリ。ニワトリは暁に時を告げる鳥として神聖視され、神の使いともいわれる。広い境内を自由に歩き回り、氏子たちからエサをもらっている。

八《や》咫《た》烏《がらす》神社《じんじゃ》

文武天皇の慶雲2（705）年、タケツヌミノミコト（建角身命）を祀って建立された。タケツヌミとは、神武天皇の東征の折、「八咫烏」に化身して熊野から大和へと道案内した神と伝えられている。榛原《はいばら》の静かな農村地帯にある小さなお社だが、なかなか雰囲気の良い神社だ。

● 奈良県宇陀市榛原高塚42

サッカーボールを頭にのせた、ユーモラスな石像が参拝者を迎えてくれる。日本サッカー協会のシンボル「ヤタガラス」を祀っていることでも有名。

忍坂《おっさか》地区

神武天皇一行を土蜘蛛たちが待ち構えていたという忍坂の里周辺。段々畑の中にポツポツと民家が点在するのどかな集落だ。

●奈良県桜井市忍阪

率川《いさがわ》神社

飛鳥時代、推古天皇元（593）年に創建された奈良市最古の神社。主祭神は大物主神の御子で神武天皇の皇后、媛蹈鞴《ひめたたら》五十鈴《いすず》姫《ひめの》命《みこと》。三棟の本殿の中央に皇后を祀り、その両側に皇后を守る形で父母神を祀っていることから、「子守明神」とたたえられ、安産、育児、家庭円満の神様として信仰されている。

● 奈良県奈良市本子守町18

橿原《かしはら》神宮

およそ2600年前、神武天皇が東征の旅を終え、奈良の畝傍山のふもと、橿原の地に建立したと伝えられる宮址に、明治23年、明治天皇により創建された。神武天皇と皇后のヒメタタライスズヒメを祀っている。奈良県内では春日大社と並んで初詣の参拝者の多い神社。昭和15年に昭和天皇が行幸し、現在も皇族の参拝が続いている。

● 奈良県橿原市久米町934

神武天皇陵

橿原神宮の北側に隣接する御陵。周囲約100メートル、高さ5.5メートルの植え込みに囲まれ、幅約16メートルの濠に守られている。

● 奈良県橿原市大久保町

大神《おおみわ》神社

ご祭神はオオモノヌシ、ご神体は背後に鎮座する三輪山。オオモノヌシがお山に鎮まるために、本殿は設けず拝殿の奥にある鳥居を通してお山を拝む、という、原始からの神道様式を守り続けている我が国最古の神社。創建は第十代崇神天皇7年。国造りの神様、生活全般の守り神として一年を通して全国から参拝客が訪れ、信仰の厚い人々によって支えられている。

●奈良県桜井市三輪1422

大鳥居の向こうにそびえる三輪山。

神様もひとやすみ

古墳群を眺めながら一服「卑弥呼庵《ひみこあん》」

● 奈良県天理市柳本2994
9：00〜18：00
不定休

上／名物の「和風コーヒー」400円
下／お抹茶と「みむろ最中」600円

古墳が密集している天理市の「山の辺の道」沿いに、しっとりとした和風の民家を開放して営んでいる喫茶店。縁側から三輪山や景行天皇陵が見渡せる、素晴らしい立地が自慢。

第七章

『倭《やまと》は国のまほろば……』ヤマトタケルの受難と最期

橋樹神社

兄を殺したオウスは父に恐れられ、遠ざけられる

第十二代景行天皇には、オオウスノミコト（大碓命）とオウスノミコト（小碓命＝のちのヤマトタケル）という皇子がいた。天皇はあるとき、美濃の国にたいそう美しい姉妹がいると聞き、二人を召し出そうとオオウスを遣わした。ところがオオウスは、姉妹のあまりの美しさに魅せられ、二人とも自分の妻にしてしまい、父には別の女性を差し出した。天皇は内心それに気づいていたがオオウスを咎めだてはせず、その女性を妻にもしなかった。

だがさすがに気が引けるのか、オオウスはそれ以来、父と一緒に食事をしなくなった。あるとき天皇がオウスに言った。

『お前の兄はなぜ食事の席に出てこないのか。お前からよく教え諭してやりなさい』

だがそれから何日かたっても、オオウスは現れない。天皇はまたオウスに言った。

『なぜ兄は出てこない。もしやお前は、まだ教え諭していないのか』

するとオウスは答えた。

『いいえ、言われたとおり、教え諭しました』

『どのように教え諭したのか』

『明け方、兄が厠《かわや》に入ったときに、待ち構えて掴みつぶし、手足をバラバラに引き抜いて筵《むしろ》に包んで投げ捨てました』

それを聞いた天皇はオウスの荒々しい性質に恐れを抱いた。この子の猛々しさは、いつかきっと我らに災いを招くに違いない……。

そして天皇は、オウスをできるだけ遠ざけようと、西方の荒ぶる土豪のクマソタケル（熊曾建）[1]兄弟を討伐せよと命じる。まだ十代半ばだったオウスは、伊勢の神に仕える叔母のヤマトヒメノミコト（倭姫命）[2]から女物の衣装と剣を譲り受けて、はるか遠い南九州へと出発した。

クマソタケルと イズモタケルを討伐する

熊曾の屋敷に着くと、屋敷は軍勢が三重に取り囲み、新しい室《むろ》をつくっている最中だった。オウスがじっと機会を伺っていると、どうやら室ができあがったらしく、増築祝いの祝宴が開かれることがわかった。宴の日、オウスは髪を下ろし、ヤマトヒメからもらった少女の衣装で変装して女たちにまじって室へ入り込んだ。クマソタケル兄弟はオウスの美しさに目をとめ、二人の間に座らせて酒盛りを始めた。

[1] **クマソタケル（熊曾建）** 熊曾とは、九州の熊本から鹿児島にかけて勢力を持っていた、大和朝廷に抵抗した部族のことだといわれている。その部族のなかで、武術に優れた小集団の頭領のことをタケルと呼んでいたらしい。

[2] **ヤマトヒメ（倭姫命）** 第十一代垂仁天皇の四女で、アマテラスの神託により伊勢の地に皇大神宮（伊勢神宮）を創設。伊勢神宮の斎宮の起源と伝えられる。

宴もたけなわになったころ、オウスは懐にしのばせた剣を取りだし、兄の衣の襟をつかんで胸を刺し貫いた。驚いた弟のタケルは慌てて逃げ出したが、これを追いかけ、背中をつかんで後ろから尻に剣を突き刺す。このときタケルは『その剣を動かすな。申し上げたい事がある』と言い、『あなたは誰か』と尋ねた。オウスが素性を明かすと、タケルは言った。

『西の国には我らより強い者はいなかった。だが大和の国にはもっと強い男がいた。あなたを称えて、タケルの名を献上しよう。これからはヤマトタケルノミコトと名乗っていただきたい』――。

そう言い終わるやいなや、オウスは剣を振り動かして、まるで熱した瓜を裂くようにクマソタケルを斬り殺した。このときからオウスはヤマトタケル（倭建命）と名乗るようになった。

クマソを討伐したヤマトタケルは、九州の荒ぶる神々をすべて退治したあと、出雲へ向かう。出雲にはイズモタケルと呼ばれる土豪がおり、まずは彼と友の契りを交わした。そして、斐伊川で一緒に水浴びをし、『互いに太刀を交換して太刀合わせをしようではないか』と提案する。だがその剣は、あらかじめヤマトタケルが用意していた木造りの偽の剣だった。偽の剣を持たされたイズモタケルは、あっけなく斬り殺される。

こうして熊曾と出雲の強力な土豪を退治したヤマトタケルは、意気揚々と大和に凱旋した。

草薙の剣と火打石で窮地を脱する

西方を制定して都に帰ったヤマトタケルだが、その強さにますます恐れを成した父の景行天皇は、ほとんど休む間も与えず、今度は東方の荒ぶる者どもを征伐するよう命じ、一人の兵士も与えずに送り出した。このときはじめて、タケルは自分が父に疎まれていることに気づいた。

東国に向かう途中、タケルは伊勢神宮に参り、叔母のヤマトヒメに思わず弱音を吐く。『父は、私など死ねばいいと思っているに違いありません』――ヤマトヒメはそんなタケルを励まし、草薙の剣を授けた。『これはスサノオノミコト（須佐之男命）がヤマタノオロチの体内から取り出した聖剣です。また、危急のことがあれば、この袋を開けなさい』と小さな袋をひとつ渡した。

このあと、尾張国（愛知県）に入り、ミヤズヒメ（美夜受比売）[3]と出会い、結婚しようと思ったが、東国を平定した帰りにしようと思い直し、婚約を交わして東国遠征に出発する。相模国（神奈川県）に入ったとき、国造《くにのみやつこ》が、野の中に大

[3] **ミヤズヒメ（美夜受比売）** ヤマトタケルは伊吹山に登る際、結婚したばかりのミヤズヒメの元に草薙の剣を預けていった。タケルの死後、ミヤズヒメはこの剣を奉納し鎮守するため、熱田神宮を建立したと伝えられる。

きな沼があり、そこに荒ぶる神が棲んでいると言う。その神を退治しようとタケルが中に入っていくと、国造は野に火を放った。四方を火に囲まれ、逃げ場を失ったタケル。

絶体絶命の危機の中、ふと叔母の言葉を思い出し、渡された袋を開けてみると、中には火打石が入っていた。そこでまず、草薙の剣をふるって周りの草をなぎはらい、火打石を打って向かい火をおこし、迫りくる火をはねかえして火の海から抜け出すと、国造たちを斬り殺した。

オトタチバナヒメ、タケルに代わって海神の生け贄となる

こうして無事、危機を脱出したタケルは、さらに東をめざして走水《はしりみず》の海辺（現在の浦賀水道）に着いた。船で海を渡ろうとしたとき、海峡の神が生け贄を欲しがって荒波を起こし、船を沈めようとした。このとき、同行していた妻のオトタチバナヒメ（弟橘比売）［4］がタケルの身代わりになって自ら生け贄となり、海に身を投げた。すると荒波は静まり、船は無事、房総半島に着くことができた。

七日ののち、海辺に妻の櫛が流れ着いた。タケルはその地に妻の墓をつくり、櫛を納めてねんごろに弔った。

［4］**オトタチバナヒメ（弟橘比売）**
夫の身代わりとなって海に身を投げたオトタチバナヒメは、海上安全と縁結びの女神として信仰されている。千葉県茂原市の橘樹《たちばな》神社には、浜辺に流れ着いたというヒメの櫛が奉納されている。

そこからさらに東へ進み、荒ぶる神々や土豪たちをことごとく平定し、帰路につく途中だった。足柄山のふもとで食事をしていると、足柄峠の神が白い鹿の姿で現れた。タケルが食べ残した野蒜《のびる》で打つと、鹿の目にあたり、死んでしまった。タケルは亡き妻をしのんでしみじみとため息をつき、『吾妻《あづま》はや（我が妻よ）』とつぶやいた。それからこの国を吾妻（東）と呼ぶようになったという。

ヤマトタケル、能褒野《のぼの》にて果てる

そこから甲斐の国、信濃の国を経てふたたび尾張の国に帰ってくると、タケルは婚約していたミヤズヒメに会い、結婚した。そして草薙の剣をミヤズヒメのもとに置いたまま、荒ぶる伊吹山の神を討ち取るために出かけた。

タケルが『この山の神は素手で討ち取ろう』と言って山に昇っていると、山中で牛のように大きな白いイノシシに会った。このときタケルは『このイノシシは山の神の使者であろう。今殺さずとも、帰りに殺せばよい』と言挙げして山に登っていった。すると山の神は大きく激しい雹《ひょう》を降らせてタケルの体にぶつけ、正気を失わせた。実は、白いイノシシに化身していたのは山の神自身だった。タケルは間違ったことを言挙げしてしまったため、正気を狂わせられたのである。

タケルは何とか下山して玉倉部《たまくらべ》までたどりつき、そこに湧き出る清水を飲んで正気を取り戻すが[5]、そこから大和をめざして歩くうち、次第に足が動かなくなってきた。杖をつきながらやっと尾津前《おつのさき》（現在の三重県桑名郡）に着き、杖突坂を経て三重村（現在の三重県四日市市）を通るころには、足も三重に折れ曲がった。ここから三重県の名がついたと言われている。

そして能褒野《のぼの》（現在の三重県亀山市田村町）に至ったとき、タケルはついに力尽き、最期の歌を残して亡くなった。

倭《やまと》は国のまほろば
たたなづく青垣
山隠れる　倭しうるはし
（大和は我が国の中でもっとも素晴らしい地だ。
重なり合う美しい山々、
その山々に囲まれた大和は、本当に美しい）

タケルの死の知らせを聞いた后や御子たちは、能褒野に駆けつけて嘆き悲しんだ。するとタケルの魂は、大きな白鳥に姿を変え、天高く飛び去ったという。

[5] **玉倉部の清水**
玉倉部は現在の岐阜県関ヶ原町のあたり。ヤマトタケルが飲んだといわれる清水は、関ヶ原に近い滋賀県米原市醒井の加茂神社にある。神社の石垣から湧き出る清水で、タケルが意識を取り戻したことから「居醒《いさめ》の清水」と呼ばれる。

熱田神宮

ご神体は三種の神器のひとつ、草薙の剣。主祭神は熱田大神《あつたのおおかみ》。熱田大神とは、アマテラスともヤマトタケルとも伝えられる。創建は景行天皇の43年。ヤマトタケルが伊吹山に行くとき、草薙の剣をミヤズヒメの手元へ留め置いた。ヤマトタケルが能褒野で亡くなったあと、ミヤズヒメがこの熱田に社地を定め、草薙の剣を奉じて鎮守したのが始まりといわれる。

● 愛知県名古屋市熱田区神宮1-1-1

オトナチバナヒメが海に身を投げて7日ののち、浜辺にヒメの櫛が流れついたといわれる。

橘樹《たちばな》神社

ヤマトタケルの身代わりとなって妻のオトタチバナヒメが身を投げたあと、7日後に上総の浜にヒメの櫛が流れ着いた。タケルはこの櫛を納めて墓を作り、橘の木を植えて祀ったという。その御陵と社と伝えられるのが、千葉県茂原市にある橘樹神社。創建は景行天皇40年。主祭神はオトタチバナヒメ、ご神体はヒメの墳墓である。

● 千葉県茂原市本納738

オトタチバナヒメ御陵
橘樹神社の本殿の背後にあるオトタチバナヒメ御陵。本殿が造営されるまでは、拝殿から直接御陵を拝めるようになっていたという。

吾妻池
オトタチバナヒメの御陵を盛り上げるための土を掘った跡と伝えられる。

伊吹山

伊吹山の神は白いイノシシに姿を変えてヤマトタケルの前に現れ、タケルを死に至らしめた。伊吹山は昔から神が宿る霊峰といわれ、山岳信仰の聖地として数多くの寺院が建立されたが、戦国時代にほとんど焼失した。現在の伊吹山は高山植物の宝庫として知られ、四季を通じて多くの観光客が訪れる。滋賀県と岐阜県にまたがる山で、山頂部は滋賀県に位置する。

加茂神社のヤマトタケル像

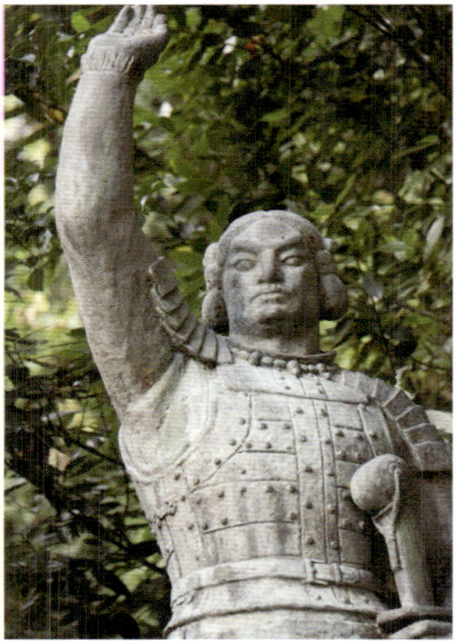

居醒《いさめ》の清水

旧中山道の宿場町、醒井宿にある加茂神社に湧き出る清水。ヤマトタケルが伊吹山の神に惑わされて病に倒れるが、下山してようやくここまでたどり着いたところ、この清水を飲んで元気を取り戻したという言い伝えから、「居醒の清水」と呼ばれている。「平成の名水百選」にも選ばれている。

● 滋賀県米原市醒井58

能褒野《のぼの》王塚古墳

ヤマトタケルは病んだ体で最後の力をふりしぼって故郷の大和に帰ろうとするが、途中、能褒野の地でついに力尽き、亡くなる。能褒野には全長90メートル、高さ9メートルにおよぶ大規模な前方後円墳「能褒野王塚古墳」があり、明治12年、これが「景行天皇皇子日本武尊能褒野墓」と治定され、現在も宮内庁により管理されている。

● 三重県亀山市田村町名越

能褒野神社

能褒野王塚古墳に隣接する神社で、明治
時代の創建。ヤマトタケルを祀っている。

● 三重県亀山市田村町1409

大和の青垣

「倭は国のまほろば……」とヤマトタケルが最期に詠んだ歌の景色は、おそらくこのような風景だったのだろう。山の辺の道から見える三輪山連峰を見はるかす一帯が「大和の国の発祥の地」といわれる大和青垣である。山の辺の道沿いの眺めのいい場所に、碑が建っている。

建部《たけべ》大社

伊勢の能褒野で崩御したヤマトタケルを祭神とする近江一の宮の古社。父の景行天皇が、タケルの死を嘆き、その名を建部と定めて神社を建立したのが起源。古来から武門武将に崇敬され、出世開運、商売繁盛の神として信仰を集めている。大津の瀬田の唐橋のたもとにあり、ヤマトタケルの人気の高さもあって、一年を通して参拝客が多い。

● 滋賀県大津市神領1-16-1

さくいん

名称	読み	所在地	章	ページ
【あ】				
逢初川	あいそめがわ	宮崎県西都市	5	141
青島神社	あおしまじんじゃ	宮崎県宮崎市	5	146
赤猪岩神社	あかいいわじんじゃ	鳥取県南部町	4	104
阿紀神社	あきじんじゃ	奈良県桜井市	2	064
熱田神宮	あつたじんぐう	愛知県名古屋市	7	202
吾妻池	あづまいけ	千葉県茂原市	7	204
天が淵	あまがふち	島根県雲南市	3	079
天岩戸神社	あまのいわとじんじゃ	宮崎県高千穂町	2	052
天真名井	あまのまない	宮崎県高千穂町	5	136
天安河原	あまのやすかわら	宮崎県高千穂町	2	054
荒立神社	あらたてじんじゃ	宮崎県高千穂町	5	145
率川神社	いさがわじんじゃ	奈良県奈良市	6	186
伊弉諾神宮	いざなぎじんぐう	兵庫県淡路市	1	034
居醒の清水	いさめのしみず	滋賀県米原市	7	206
出雲大社	いずもおおやしろ	島根県出雲市	4	106
伊勢神宮（内宮）	いせじんぐう	三重県伊勢市	2	058
石上神宮	いそのかみじんぐう	奈良県天理市	6	182
稲佐の浜	いなさのはま	島根県出雲市	4	108
稲田神社	いなだじんじゃ	島根県奥出雲町	3	082
猪目洞窟	いのめどうくつ	島根県出雲市	4	116
伊吹山	いぶきやま	滋賀県米原市ほか	7	205
揖屋神社	いやじんじゃ	島根県松江市	1	029
印瀬の壺神	いんぜのつぼがみ	島根県雲南市	3	078
潮嶽神社	うしおだけじんじゃ	宮崎県日南市	5	149
無戸室跡	うつむろあと	宮崎県西都市	5	142
鵜戸神宮	うどじんぐう	宮崎県日南市	5	063
鵜戸神社	うどじんじゃ	宮崎県日向市	2	064
江田神社	えだじんじゃ	宮崎県宮崎市	1	031
皇子原神社	おうじばるじんじゃ	宮崎県高原町	6	172
多神社	おおじんじゃ	奈良県田原本町	1	041
大野津神社	おおのつじんじゃ	島根県松江市	3	088
太安万侶の墓	おおのやすまろのはか	奈良県奈良市	1	042
大御神社	おおみじんじゃ	宮崎県日向市	2	062
大神神社	おおみわじんじゃ	奈良県桜井市	6	189
忍坂地区	おっさかちく	奈良県桜井市	6	184
オトタチバナヒメ御陵	おとたちばなひめごりょう	千葉県茂原市	7	204
おのころ神社	おのころじんじゃ	兵庫県南あわじ市	1	027
温泉神社	おんせんじんじゃ	島根県雲南市	3	080
【か】				
隠ヶ丘	かくれがおか	島根県出雲市	4	115
橿原神宮	かしはらじんぐう	奈良県橿原市	6	187
上立神岩	かみたてがみいわ	兵庫県南あわじ市	1	027
神魂神社	かもすじんじゃ	島根県松江市	4	112
木花神社	きばなじんじゃ	宮崎県宮崎市	5	145
霧島神宮	きりしまじんぐう	鹿児島県霧島市	5	152
霧島東神宮	きりしまひがしじんぐう	宮崎県高原町	5	156
草枕山	くさまくらやま	島根県雲南市	3	077
クシナダヒメ産湯の池	くしなだひめうぶゆのいけ	島根県奥出雲町	3	083
槵觸神社	くしふるじんじゃ	宮崎県高千穂町	5	134
国見ケ丘	くにみがおか	宮崎県高千穂町	5	132
熊野大社	くまのたいしゃ	島根県松江市	4	113
皇宮神社	こうぐうじんじゃ	宮崎県宮崎市	6	178

児湯の池　ごゆのいけ　宮崎県西都市　5　141

【さ】

西都原古墳群　さいとばるこふんぐん　宮崎県西都市　5　143
佐香神社　さかじんじゃ　島根県出雲市　4　117
笹宮　ささみや　島根県奥出雲町　3　083
佐太神社　さだじんじゃ　島根県松江市　4　112
狭名田の長田　さなだのおさだ　鹿児島県霧島市　5　153
狭野神社　さのじんじゃ　宮崎県高原町　6　170
佐野原聖地　さのばるせいち　宮崎県宮崎市　6　174
四皇子峰　しおうじがみね　宮崎県高千穂町　6　175
銀鏡神社　しろみじんじゃ　宮崎県西都市　5　144
神武天皇陵　じんむてんのうりょう　奈良県橿原市　6　188
須我神社　すがじんじゃ　島根県雲南市　3　075
須佐神社　すさじんじゃ　島根県出雲市　3　087
住吉大社　すみよしたいしゃ　大阪府大阪市　1　032
諏訪大社（上社）　すわたいしゃ　長野県諏訪市　4　118
諏訪大社（下社）　すわたいしゃ　長野県下諏訪町　4　119

【た】

多賀大社　たがたいしゃ　滋賀県多賀町　1　035
高千穂峡　たかちほきょう　宮崎県高千穂町　5　133
高千穂神社　たかちほじんじゃ　宮崎県高千穂町　5　137
高天原伝承地　たかまがはらでんしょうち　奈良県御所市　1　022
高天原遥拝所　たかまがはらようはいじょ　宮崎県高千穂町　5　136
高天彦神社　たかまひこじんじゃ　奈良県御所市　1　024
建部大社　たけべたいしゃ　滋賀県大津市　7　211
橘樹神社　たちばなじんじゃ　千葉県茂原市　7　203
立磐神社　たていわじんじゃ　宮崎県日向市　6　179
月読神社　つきよみじんじゃ　京都市西京区　1　033
都萬神社　つまじんじゃ　宮崎県西都市　5　140
唐王神社　とうのうじんじゃ　鳥取県大山町　4　120
戸隠神社　とがくしじんじゃ　長野県長野市　2　056

【な】

沼島　ぬしま　兵庫県南あわじ市　1　026
野島神社　のしまじんじゃ　宮崎県宮崎市　5　148
能褒野王塚古墳　のぼのおうつかこふん　三重県亀山市　7　208
能褒野神社　のぼのじんじゃ　三重県亀山市　7　209

【は】

白兎海岸　はくとかいがん　鳥取県鳥取市　4　102
白兎神社　はくとじんじゃ　鳥取県鳥取市　4　101
斐伊川　ひいがわ　島根県奥出雲町ほか　3　074
日御碕神社　ひのみさきじんじゃ　島根県出雲市　4　114
檜原神社　ひばらじんじゃ　奈良県桜井市　2　059
屏風岩　びょうぶいわ　島根県出雲市　4　109

【ま】

万九千神社　まんくせんじんじゃ　島根県出雲市　3　086
御池　みいけ　宮崎県都城市・高原町　5　178
みそぎ池　みそぎいけ　宮崎県宮崎市　1　030
美保神社　みほじんじゃ　島根県松江市　4　110
宮崎神宮　みやざきじんぐう　宮崎県宮崎市　6　176
賣太神社　めたじんじゃ　奈良県大和郡山市　1　039
賣沼神社　めぬまじんじゃ　鳥取県鳥取市　4　105

【や】

八重垣神社　やえがきじんじゃ　島根県松江市　3　076
八口神社　やぐちじんじゃ　島根県雲南市　3　078
八咫烏神社　やたがらすじんじゃ　奈良県宇陀市　6　183
大和の青垣　やまとのあおがき　奈良県奈良市ほか　7　210
黄泉比良坂　よもつひらさか　島根県松江市　1　028

伊弉諾神宮
淡路市
神戸淡路鳴門自動車道
淡路島
洲本市
28
南あわじ市
淡路島・沼島
沼島漁港
おのころ神社
沼島
上立神岩

168
308
率川神社
太安万侶の墓
奈良市
479
169
大和郡山市
住吉大社
東住吉区
石上神宮
25
天理市
西名阪自動車道
26
大神神社
橿原市
八咫烏神社
南阪奈道路
166
神武天皇陵
165
桜井市
忍坂地区
橿原神宮
阿紀神社
309
170
高天原伝承地
高天彦神社
310
24
奈良・大阪

伊吹山
居醒の清水
米原市
琵琶湖
多賀大社
名神高速道路
京都縦貫自動車道
名古屋市
熱田神宮
京都市
草津市
大津市
建部大社
能褒野神社
能褒野王塚古墳
月読神社
第二京阪道路
新名神自動車道
亀山市
東海道新幹線
津市
伊勢自動車道
伊勢市
伊勢神宮
愛知・滋賀・三重・京都

槵觸神社
四皇子峰
荒立神社
高天原遥拝所
天真名井
天安河原
天岩戸神社
国見ヶ丘
高千穂神社
高千穂峡
高千穂町
325
326
503
218
東九州自動車道
延岡市
327
日向市
大御神社
鵜戸神社
446
立磐神社
美々津
265
銀鏡神社
219
10
西都原古墳群
都萬神社
無戸室跡
逢初川
児湯の池
西都市
佐野原聖地
268
宮崎神宮
皇宮神社
江田神社
みそぎ池
宮崎市
269
木花神社
青島神社
宮崎自動車道
野島神社
潮嶽神社
日南海岸
220
日南市
鵜戸神宮
都城市
宮崎

447
えびの市
221
小林市
265
268
宮崎自動車道
九州自動車道
高原町
霧島山
皇子原神社
狭野神社
霧島東神社
御池
高千穂峰
狭名田の長田
霧島神宮
223
269
222
霧島市
都城市
10
霧島

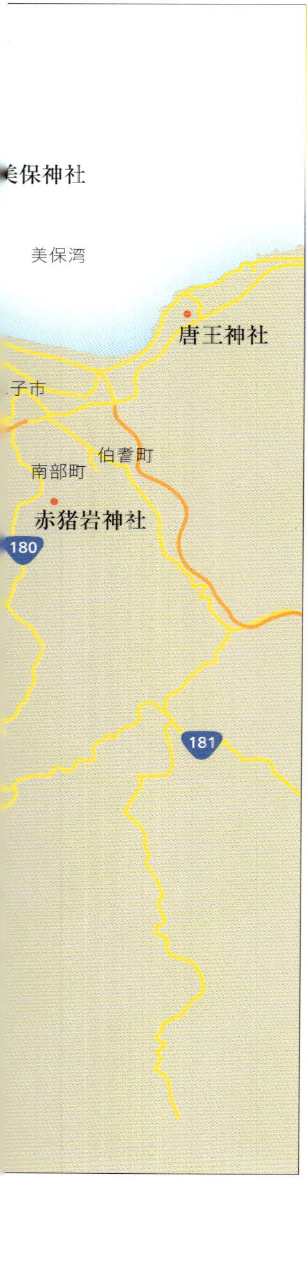
保神社
美保湾
唐王神社
子市
伯耆町
南部町
赤猪岩神社
180
181

178
岩美町
白兎海岸
9
鳥取市
白兎神社
八頭町
賣沼神社
482
29
373
53
鳥取

485
境港市
佐太神社
431
大野津神社
佐香神社
松江市
中海
日御碕神社
猪目洞窟
宍道湖
八重垣神社
揖夜神社
安来市
出雲大社
9
神魂神社
黄泉比良坂
稲佐の浜
屏風岩
万九千神社
出雲市
八口神社
草枕山
熊野大社
須我神社
斐伊川
432
雲南市
印瀬の壺神
天が淵
184
54
須佐神社
温泉神社
奥出雲町
稲田神社
笹宮·稲田姫産湯の池
183
島根

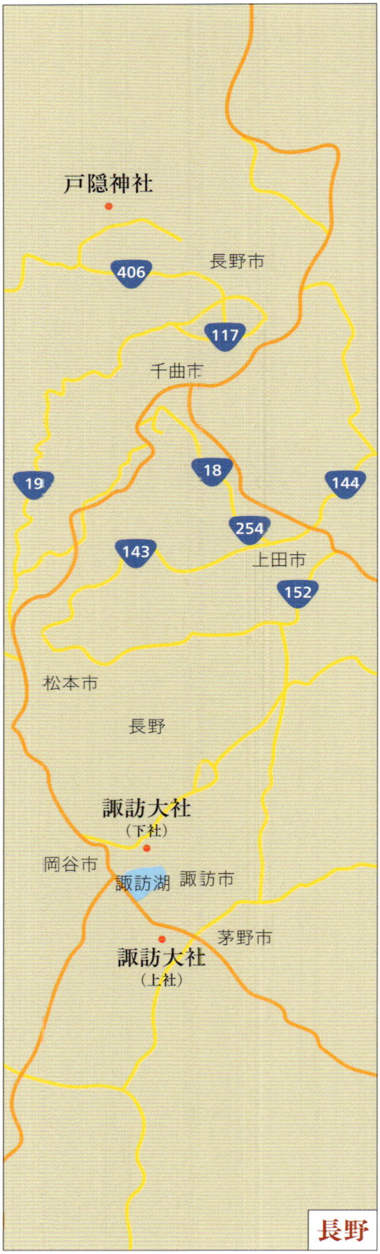
戸隠神社
406
長野市
117
千曲市
19
18
144
254
143
上田市
152
松本市
長野
諏訪大社
（下社）
岡谷市
諏訪湖
諏訪市
茅野市
諏訪大社
（上社）
長野

京葉道路
東関東自動車道
51
八街市
千葉市
126
東金市
千葉東金道路
16
館山自動車道
大網白里市
橋樹神社
吾妻池
オトタチバナヒメ御陵
409
茂原市
圏央道
297
465
千葉

主な神々の系譜

※凡例
══ 婚姻
── 親子、兄弟

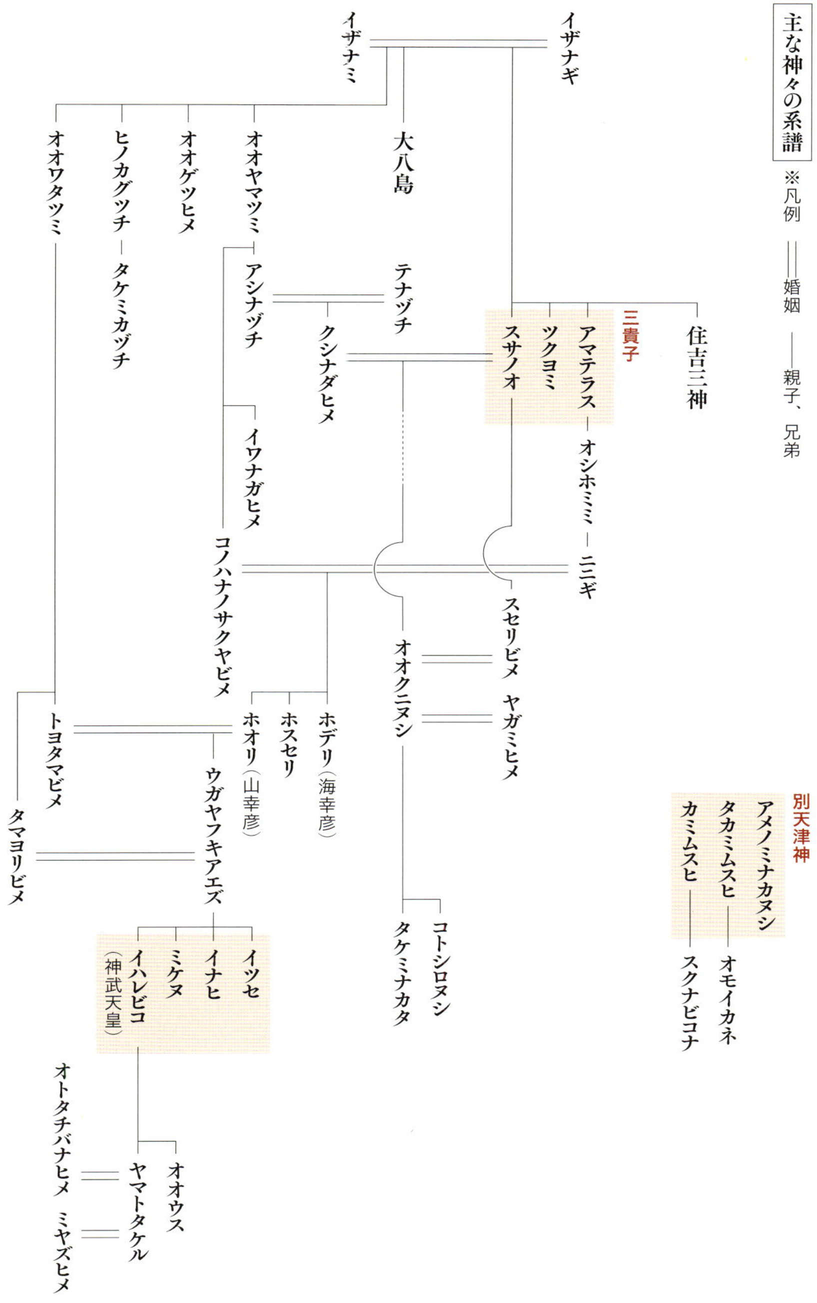

日本神話のふるさと写真紀行

2016年4月7日　第1刷発行

撮影　清永安雄
企画・構成　志摩千歳
原稿　志摩千歳・佐々木勇志・及川健智
装丁・デザイン　松田行正・杉本聖士（マツダオフィス）

発行　株式会社産業編集センター
〒112-0011　東京都文京区千石4-39-17
TEL 03-5395-6133
FAX 03-5395-5320
http://www.shc.co.jp/book/

印刷・製本　株式会社シナノパブリッシングプレス

ISBN978-4-86311-130-1

細川亜衣（ほそかわ・あい）
一九七二年生まれ。
大学卒業後にイタリアに渡り、
帰国後、東京で料理教室を主宰する傍ら
料理家として各メディアで活動。
二〇〇九年より熊本在住、
国内外で料理教室や料理会を行っている。
著書に『イタリア料理の本』（米沢亜衣名義）
『食記帖』『愛しの皿』『スープ』など。

Special thanks
浅尾荘平
出野尚子
岡田真由美
Chandra én Chandino

野菜を取り寄せている熊本の生産者
百草園
http://www.hyakusouen.jp
チャンドラ・エ・チャンディーノ
http://chandra-en-chandino.com
たから農園
takaranouen@gmail.com

野菜

二〇一七年三月三日　初版第一刷発行
二〇二三年四月四日　第三刷発行

著者／細川亜衣
写真／在本彌生
絵／細川椿
アートディレクション／田中義久
デザイン／竹廣倫
編集／大嶺洋子
発行人／孫家邦
発行所／株式会社リトルモア
〒一五一―〇〇五一
東京都渋谷区千駄ヶ谷三―五六―六
電話　〇三―三四〇一―一〇四二
ファックス　〇三―三四〇一―一〇五二
http://www.littlemore.co.jp

印刷／図書印刷株式会社
製本所／株式会社渋谷文泉閣

ISBN 978-4-89815-452-6　C0077

も大活躍する。湯と酒に高菜漬けの芯を加えると旨味がにじみ、そこに新鮮な高菜をくぐらせることでより風味が濃くなる。そして、ゆらゆらと泳がせた豚肉に、ほんのり酸味のきいた古漬けの高菜を纏わせて食べれば、ひとつの野菜にこれだけの側面があることに驚く。

もちろん、和食にもその独特の風味は生かされる。うどんや餅と一緒にゆでて、かけうどんやお雑煮の具に、はたまた厚揚げと炊いたりしても、堂々と自己主張するのが気に入っている。

中国や台湾を旅していると、雪菜と呼ばれる高菜に似た菜っ葉の漬け物を刻んだものが、炒め物や和え物に入っていることがあるが、漬け物だからこそもつ酸味や香りで、にんにくやしょうがやねぎなどの香味野菜のような役割をするのがとてもいいなあと思う。高菜漬けはごまや香味野菜、唐辛子と炒めて隠し味にしょうゆと酢をきかせると、ただ油で炒めただけではない奥深さが加わり、さやいんげんなどのゆでた野菜の他、釜揚げのうどんや中華麺に和えたり、豆腐やおかゆにかけたりと、使い方は無限にある。